© Copyright 2018 Pure Passion Reads – Alle Rechte vorbehalten.

Es ist in keinem Fall legal, Teile dieses Dokuments in elektronischer Form oder in gedruckter Form zu reproduzieren, zu vervielfältigen oder zu übertragen. Die Aufzeichnung dieser Publikation ist strengstens untersagt und jegliche Speicherung dieses Dokuments ist nur mit schriftlicher Genehmigung des Herausgebers gestattet. Alle Rechte vorbehalten.

Die jeweiligen Autoren besitzen alle Urheberrechte, welche nicht vom Herausgeber gehalten werden.

Der geheime Sohn des Drachen

Drachengeheimnisse: Buch Vier

Ein Paranormaler Roman

von Jasmine Wylder

Inhalt

Kapitel EINS	4
Kapitel ZWEI	24
Kapitel DREI	42
Kapitel VIER	59
Kapitel FÜNF	76
Kapitel SECHS	92
Kapitel SIEBEN	108
Kapitel ACHT	125
Kapitel NEUN	142
Kapitel ZEHN	156
Kapitel ELF	174
Kapitel ZWÖLF	191
Kapitel DREIZEHN	205
Kapitel VIERZEHN	220
Kapitel FÜNFZEHN	234
Kapitel SECHZEHN	252
Kapitel SIEBZEHN	268

Kapitel EINS

Bernie

Bernie faltete das schmutzige Feuchttuch zusammen und legte es in die volle Windel. Dann rollte sie alles zu einem kleinen Paket zusammen und um den Geruch zu kaschieren, stopfte sie das Bündel in einen kleinen Beutel. Im letzten Schritt warf sie alles in den Müll, säuberte sich danach die Hände und schloss die Druckknöpfe am Pyjama ihres Sohnes.

Nach drei Monaten kam es ihr auf einmal kinderleicht vor. Übung machte wirklich den Meister. Dennoch freute sie sich jedes Mal, dass sie es problemlos schaffte, ihren kleinen Sohn in eine frische Windel zu stecken. Xavier grinste sie an und sabberte, während er seine

Rassel wild in die Luft streckte. Bernie erwiderte sein Lächeln.

„Das fühlt sich doch gleich besser an, oder Süßer?"

Stöhnend stand sie auf, denn ihre Knie mochten diese Haltung nicht besonders. Wahrscheinlich hatte sie es ein bisschen auf dem Laufband heute Morgen übertrieben. Sie wollte die Zeit, in der Xavier sein Schläfchen hielt, voll und ganz ausnutzen, denn normalerweise schaffte sie nicht viel am Tag, wenn er wach war. Nicht, dass er wirklich viel Aufmerksamkeit verlangte. Bernie mochte es einfach, ihn zu halten und zu beobachten.

Dennoch hätte sie wohl besser noch etwas getan, während er geschlafen hatte. Zum Beispiel hätte sie herausfinden sollen, was sie von nun an machen sollte. Oder sie hätte selbst schlafen können, da die Nächte nicht sonderlich viel Schlaf brachten. Oder sie hätte den Kuchen backen können, den sie schon vor Tagen backen wollte...

Ach, zum Teufel mit dem Kuchen. Sie würde den Kuchen wahrscheinlich ohnehin allein verdrücken. Sie hatte noch nie Disziplin beim Essen aufbringen können. Es war gesünder, ein wenig Gemüse zu essen. Vielleicht also ein Karottenkuchen...

Bernie ging noch einmal zum Waschbecken, wusch sich gründlich die Hände und kehrte zu ihrem Sohn zurück. Die Decke unter ihm war ein wenig zerknautscht, also hob sie ihn hoch und strich alles glatt, bevor sie ihn auf den Bauch drehte und sich neben ihn legte. Er hob seine Füße und seinen Kopf für ein paar Sekunden und legte sich dann wieder komplett hin. Er biss genüsslich auf seiner Rassel herum und Bernie streichelte das weiche, flaumige Haar auf seinem Kopf.

Sie seufzte. Sie musste eine Entscheidung treffen, wie es weitergehen sollte. Drei Monate. Xavier war jetzt alt genug, sodass sie wieder zurück zur Arbeit konnte. Doch die Frage nach dem „wohin" blieb bestehen.

„Was sollen wir jetzt tun, hm? Soll ich wieder zurück zur Ausgrabung mit Esther und Kayla oder diesen Job in der Schule annehmen? Meinst du, ich könnte dich dorthin mitnehmen? Esther ist bereit, die Ausgrabung jetzt ganz an Kayla und mich abzugeben. Vorausgesetzt ich komme zurück. Sie will ihren Unterwasserkram weitermachen. Es ist eine große Chance, weißt du? Aber der Job in der Schule ist etwas Sicheres. Er garantiert mir für die nächsten Jahre ein gutes Einkommen. Und außerdem würde ich da erst im Frühjahr anfangen. Das bedeutet noch ein paar Monate mehr für dich und mich und unsere Treffen mit den anderen Mamis."

Xavier hob wieder seinen Kopf und sah sie an. Und wieder einmal raubten seine dunkelblauen Augen Bernie den Atem. Sie wusste, dass die Augenfarbe von Babys sich noch ändern konnte, aber sein Vater hatte die gleichen Augen und so sehr sie auch versuchte ihn zu vergessen, so wurde sie immer wieder aufs Neue an ihn erinnert. Das war noch so ein Grund, warum sie sich nicht sicher war, ob es klug wäre, zurück zu den Ausgrabungen zu gehen.

Tyler Freeman. Sie hatten eine heiße, leidenschaftliche Affäre gehabt.

Er hatte gerade erst mit der Frau Schluss gemacht, die er eigentlich heiraten wollte, und sie war auf der Suche nach einem Weg gewesen, um ihren Stress abzubauen. Es war nichts weiter als Sex gewesen.

Sehr, sehr heißer Sex. Und das auf so vielen Ebenen.

Tyler konnte sich in einen Drachen verwandeln. Er war muskulös und hatte diese Grübchen, die ihre Knie weich werden ließen... Es war einfach mehr, als ihr Körper ertragen konnte. Aber es war eben nur ihr Körper, nicht ihr Herz.

Zumindest dachte sie das. Bis er dann plötzlich ein zweites Mal, ohne sich zu verabschieden, verschwand. Das erste Mal hatte sie es nachvollziehen können. Sein Bruder, Shane, der die Ausgrabungen finanzierte, war an

Kämpfen beteiligt gewesen, die um Leben oder Tod gingen. Alles, um seine Partnerin Kayla zu beschützen. Er wollte Tyler wegschicken, um ihn zu beschützen, doch der sture Esel fand sich schnell selbst in den Kämpfen wieder.

Aber das zweite Mal? Dafür gab es keine Erklärung. Es gab keinen Grund. Eines Morgens war er einfach verschwunden.

Bernie schauderte. Falls sie sich für die Ausgrabungen entscheiden sollte, würde sie Shane fast jeden Tag sehen. Und die Chancen, dass Tyler auch ab und zu mal vorbeischaute, standen leider ziemlich gut. Er und seine Tattoos und diese steinharten Bauchmuskeln. Und diese gefährlichen Augen... Sie hatten sich seit einem Jahr nicht gesehen – wie sollte sie ihm jetzt sagen, dass er ein Kind hatte?

Doch sie wusste, falls sie sich für den Job in der Schule entscheiden würde, dass sie unglücklich wäre. Während der Schwangerschaft hatten ihre Freunde von den Ausgrabungen sie mehr unterstützt als ihre eigene Familie. Jetzt von ihnen getrennt zu sein, fühlte sich an, als würde sie aus einem Flugzeug ohne Fallschirm springen. Aber die Schule bezahlte besser... und als alleinerziehende Mutter brauchte sie dringend Geld.

„Mamis Gedanken drehen sich im Kreis, nicht wahr, Baby?" Mit einem weiteren Seufzer setzte Bernie sich auf. „Glaubst du, Tyler würde mich jetzt auch nur noch eines Blickes würdigen? Ich war schon vor der Schwangerschaft kurvig. Und dank dir, du kleiner

Schlingel, wurde es nur noch schlimmer. Ich schaffe es nicht einmal, meine Schwangerschaftspfunde loszuwerden…"

Xavier tippte mit seinen Füßen auf den Boden und Bernie konnte nicht anders, als ihn anzuhimmeln. Sie nahm ihn auf den Arm und kuschelte ihn an ihre Brust. Ihr Gewicht war unwichtig, wenn sie diesen zuckersüßen Jungen in ihren Armen hielt. Es war eine schwierige Entscheidung gewesen, ihn zu behalten und zu wissen, dass sie allein sein würde. Und sie war eine gut gebildete Frau mit Ressourcen. Ihr Erspartes könnte sie durch das nächste Jahr bringen, wenn sie es sich gut einteilte. Sie könnten es ohne Probleme sogar auf eine Reise nach New York schaffen.

Sie konnte sich nicht vorstellen, wie angsteinflößend es sein musste, schwanger zu sein und nichts zu haben. Wäre sie schon vor ein paar Jahren schwanger geworden, würde ihre Situation ganz anders aussehen. Damals wäre sie nicht in der Lage gewesen, ein Kind zu versorgen. Und dann hätte sie ihren geliebten Sohn nicht behalten können. Wie viele andere Frauen, ohne dieselben Ressourcen, befanden sich in der Situation, in der es keine Möglichkeit gab, das Kind zu behalten – auch wenn sie es sich noch so sehr wünschten? Der bloße Gedanke daran brach ihr das Herz.

„Aber daran dürfen wir jetzt nicht denken. Ich muss schließlich an dich denken und mich um dich kümmern."

Sie ging zur Couch und setzte sich in eine Ecke. Xavier lag so in ihren

Armen, dass er seinen Kopf frei bewegen und alles gut überblicken konnte. Seine runden Bäckchen bliesen sich auf und er fing vor Freude an zu quietschen, seine Hände bewegte er ganz aufgeregt hin und her.

„Alberner Schatz." Sie gab ihm einen Kuss auf den Hinterkopf. „So ein wunderschöner, alberner Schatz. Was siehst du?" Bernie schaute sich um und sah in die gleiche Richtung. „Siehst du die Bilder von Mamis Abschlussfeier? Wenn du deinen Universitätsabschluss machst, kommt dein Bild auch dorthin. Es sei denn, du willst nicht studieren. Die Schule musst du abschließen, aber wenn du lieber eine Ausbildung machen möchtest, dann ist das völlig in Ordnung."

Es klingelte. Es verging keine Sekunde und jemand hämmerte gegen die Tür. Bernie runzelte die Stirn und legte Xavier auf seine Decke zurück. Sie erwartete keinen Besuch... Wer könnte es sein? Sie bewegte sich schnell zur Tür. Sie schaute durch den Spion und verschluckte sich beinahe an ihrem eigenen Speichel.

Sie öffnete die Tür. „Papa? Was machst du denn hier?"

„Bernice! Wie schön, dich zu sehen." Ihr Vater grinste sie an. Es war sein patentiertes Grinsen, das beinahe all seine Zähne zeigte. Es sollte charmant und angenehm wirken, aber bei ihr verkrampfte sich eher der Magen. „Du siehst so wunderschön aus, wie immer. Gott sei Dank schlägst du eher nach meiner Familie, als nach der Familie deiner Mutter. Aber du hast die Augen deiner Mutter. Sie war so eine Schönheit, als sie in deinem Alter war.

Also, bittest du mich herein oder nicht? Ich möchte doch meinen Enkelsohn sehen, von dem ich schon so viel gehört habe."

Bernie stand mit zusammengekniffenen Augen wie angewurzelt im Türrahmen. Dass ihr Vater hier nach all den Jahren einfach hereinspaziert kam, war überraschend, aber auch typisch für ihn. So war er eben. Und sie glaubte nicht für eine Sekunde, dass er hier war, um Xavier zu sehen. Wann immer er auftauchte, bedeutete das Ärger. Und es war egal, ob er daran schuld oder nur darin verwickelt war.

Jetzt musste sie ihn nur von hier wegbekommen, ohne dass er sauer wurde. Nach all den Jahren wünschte sie sich, sie hätte keine Angst mehr vor ihm.

So traurig es auch war, hatte sie diese aber noch.

„Das Baby schläft", log sie ihn an, als Xavier gerade ein gurgelndes Geräusch machte. Sie zuckte nicht einmal zusammen, obwohl ihr Vater eine Augenbraue hob. „Du bist hier nicht willkommen, Papa. Ich dachte, ich hätte mich das letzte Mal klar ausgedrückt."

„Bernie, Liebes. Ich bin dein Vater. Du verhältst dich unvernünftig."

„Wer hat dir diesmal erzählt, wo ich wohne? Mutter? Oder stalkst du mich?"

Ihr Vater runzelte die Stirn. „Redet man so mit seinem Vater?"

Bei seinem Ton wollte sie sich am liebsten entschuldigen, aber sie ließ sich nicht unterkriegen.

„Ich bin hier, um deinen kleinen Jungen zu sehen und um dir meine Hilfe anzubieten. Es wird nicht leicht werden. Deshalb habe ich ein wenig Hilfe organisiert. Finanzielle Hilfe, meine ich."

„Mir helfen?" Bernie lachte freudlos. „Du weißt nicht einmal, dass ich es hasse, wenn man mich Bernice nennt. Wie zum Teufel willst du mir helfen? Ganz egal, ich will es gar nicht hören."

„Sei doch nicht so –"

„Ich werde genau so sein, wie ich will." Bernie legte ihre Hände an ihre Hüften. „Wenn du mir helfen willst, hättest du ein Vater für uns sein müssen, als wir dich gebraucht haben. Aber du musstest ja dann irgend so einem dürren Pornostar nachjagen, von dem du zum damaligen Zeitpunkt besessen warst. Du tauchst immer nur auf, wenn du was willst. Ich werde auf deine Show nie wieder hereinfallen. Ich schulde dir gar nichts. Und jetzt lass mich in Ruhe."

Ihr Vater schaute sie düster an. Er schüttelte seinen Kopf und seufzte, als wäre sie die Enttäuschung und nicht er. „Ich wollte es so nicht, Bernie. Ich weiß, dass ein Baby teuer ist und ich wollte dir helfen. Du bist ein schönes Mädchen. Es gibt so viele Männer, die für ein Mädchen mit solchen Kurven bezahlen würden."

Bernies Kiefer klappte auf. Schlug er ihr gerade vor, eine Prostituierte zu werden? „Ich komme mit meinem Geld gut zurecht."

„Ah. Ich verstehe. Ich schätze, ich muss dann alles für mich behalten."

Hinter ihm bog gerade ein schwarzer Van auf die Straße. Bernie bekam Gänsehaut und sie wollte die Tür schließen, doch ihr Vater warf sich dagegen und rammte sie wieder auf. Bernie versuchte ihn rauszuschieben, aber er packte sie an ihren Armen. „Ich habe ein bisschen Ärger mit ein paar Leuten. Ich schulde ihnen Geld. Eine Menge Geld. Nur so konnte ich da rauskommen. Nur dieses eine Mal, Bernie. Ich verspreche es. Du willst doch nicht, dass ich sterbe, oder?"

Bernies Herz hämmerte gegen ihre Rippen. Sie öffnete den Mund, um zu schreien, aber plötzlich standen ein paar Männer in schlechtsitzenden Anzügen in der Tür. Einer von ihnen legte ihr Handschellen an, während ein weiterer eine Hand auf ihren Mund legte. Sie zogen sie zurück. Ihre Augen waren vor

Angst weit aufgerissen. Xavier, dem wahrscheinlich kalt durch die offene Tür geworden war oder sogar merkte, dass etwas vor sich ging, fing an zu weinen.

Ein Mann runzelte die Stirn. „Du hast nichts von einem Baby gesagt."

„Das wird kein Problem sein", antwortete ihr Vater. „Das ist mein Enkelsohn. Ich kümmere mich um ihn."

Einer der Männer rollte mit seinen Augen. „Sag auf Wiedersehen, Mädchen. Männer kaufen nicht gerne Frauen mit Gepäck."

Was? Sie wehrte sich mit aller Kraft, aber es war nutzlos. Xaviers Schreie zerrissen sie innerlich. Die Männer waren zu stark und sie kam nicht gegen sie an. Sie zogen sie in die Einfahrt. Sie suchte mit den Augen nach Nachbarn, aber es brannte kein Licht in den Fenstern. Fast alle waren über die Feiertage weggefahren. Xavier weinte bitterlich und sie schaffte es, ihren Mund von der Hand zu befreien.

„Hilfe!", schrie sie. „Helft mir!"

Der Mann schubste sie in den Van und schmiss die Tür zu. Im Inneren warteten zwei Männer. Sie ignorierten die Tränen, die über ihr Gesicht strömten.

„Was denkst du?", grunzte einer von ihnen. „Sollen wir sofort verkaufen?"

Verkaufen? „Was habt ihr mit mir vor?"

„Ja. Ich will kein Risiko mit ihr eingehen." Der Mann, der sprach, schaute sie an und schüttelte seinen Kopf. „Keine Sorge. Wir testen unsere

Produkte nicht. Wenn du dich benimmst, können wir das nächste Mal vielleicht dein Kind holen und euch als Familie verkaufen."

Bernies Gedanken drehten sich. Sie verstand nicht, was vor sich ging, außer zwei Dinge: Erstens lag Xaviers Wohlbefinden in den Händen ihres Vaters. Zweitens würde sie verkauft werden. Sie konnte ihr Schluchzen nicht zurückhalten.

Kapitel ZWEI

Tyler

Für ihn hatte es nach einer guten Idee geklungen, eine Reise quer durch das Land zur Küste zu machen. Doch jetzt, wo Tyler wieder zurück war und seine verspannten Schultern zurückrollte, wusste er nicht, wen er dafür beschuldigen sollte. War es seine eigene Schuld gewesen, dass er darüber nachgedacht hatte, oder hatten die Idioten aus dem Motorbike-Club ihn mit ihrem dummen Gelaber davon überzeugt?

„Man wird noch Jahre danach über dich sprechen", hatte Jackson, einer seiner Freunde, gekichert und ihm auf den Rücken geklopft. „Wie viele Hochzeiten hast du gesprengt? Waren es vier oder fünf?"

„Sechs", brummte Tyler zurück. Sein Blick verfinsterte sich, als er an die wunderschönen Bräute dachte. Sie waren alle ganz in Weiß gekleidet, mit einem Schleier auf dem Kopf und Blumen in der Hand. Alle waren atemberaubend und voller Vorfreude über das, was sie erwarten würde. Und dann gab es ihn, der viel zu viele gebrochene Herzen zurückließ. „Können wir vielleicht nicht darüber reden?"

Jackson rollte mit seinen Augen und ging weiter. Tyler ging schnurstracks auf die Bar zu, bahnte sich den Weg um die Männer mit ihren Freunden und Freundinnen, die auf ihrem Schoß saßen. Es schien, dass der halbe Club jetzt in einer Beziehung steckte. Einige sprachen sogar von Heirat. War es alles wahr oder versuchten die Gerüchte nur, unter seine Haut zu kriechen?

„Tyler", grüßte ihn einer und gab ihm einen Klaps auf den Rücken. „Giselle und ich werden nächsten Monat heiraten."

Tyler biss sich auf die Wange, damit er ihn nicht anmachte. Aber mehr als ein paar grummelige und halb ernst gemeinte Glückwünsche waren nicht drin. Er sah, wie Giselle mit den Augen rollte und er starrte sie an.

„Was?", wollte er wissen.

Giselle zuckte mit den Schultern. „Nichts. Du bist in letzter Zeit nur ein richtiges Arschloch und ich habe langsam die Nase voll davon, einfach da zu sitzen und nichts zu sagen."

Tylers Feuer loderte auf. „Das musst du gerade sagen."

Der Drache, der ihn gegrüßt hatte, knurrte ihn an, bereit, seine Verlobte zu verteidigen. Tyler hob ergebend seine Hände, auch wenn er ihm gerne eine verpasst hätte, einfach nur, um etwas zu tun zu haben. Aber öffentliche Kämpfe waren noch nie sein Ding gewesen, also ging er einfach nur davon. Jackson hatte es vor ihm zur Bar geschafft und unterdrückte ein Lachen.

„Also, welche war es?"

Tyler knurrte ihn an.

„Ach, nun komm schon. Wir kennen dich doch alle. Mit welcher der Bräute hattest du dein leidenschaftliches Rendezvous und hast herausgefunden, dass sie die Frau deiner Träume ist und –"

„Ich schlafe nicht mit verheirateten oder verlobten Frauen."

Tyler bestellte sich einen Firewhiskey, den der Bartender speziell kreiert hatte, nachdem er *Harry Potter* gesehen hatte. Die schärfsten aller Peperoni wurden in Whiskey eingeweicht und dann wurde alles zu einer glatten Masse verbunden. Es war genau das richtige Getränk, um das Feuer eines Drachen zum Tosen zu bringen.

Er zog seine Schultern hoch und versuchte nicht zu den Paaren, die verstreut in der Bar saßen, zu schauen. Giselles Worte taten vielleicht ein wenig weh, aber nur, weil sie wahr waren. Es benahm sich in letzter Zeit wirklich wie ein Arschloch.

Und er hatte noch nicht einmal einen guten Grund. Es war nicht so, dass er unter so starkem Herzschmerz litt, der es ihm unmöglich machte zu atmen oder mit anderen Frauen zusammen zu sein.

Aber warum hatte sie nicht angerufen?

Tyler fuhr sich mit einer Hand durch sein Haar und knurrte tief aus dem Magen heraus. Es war jetzt etwa ein Jahr her, als er Bernice Gardner das letzte Mal gesehen hatte, aber er konnte sie immer noch nicht vergessen. Ja, er wusste, dass er sich schnell verliebte und ebenfalls schnell entliebte. Aber seit er mit ihr zusammen gewesen war, hatte keine Frau es geschafft, ihn auf die gleiche Weise fühlen zu lassen.

Er konnte sich nicht vorstellen, dass es mit einer anderen Frau jemals mehr sein würde als das Stillen seiner körperlichen Bedürfnisse. Allein das machte ihn schon krank und er hatte oftmals gar keine Lust mehr.

Hatte Bernie sich mit anderen Männern verabredet? Als er verschwunden war, war er sich sicher gewesen, dass sie anrufen würde. Er hatte diesen Trick schon oft angewendet und er wusste, was es bedeutete. Und verdammt, es war scheiße. Ganz sicher würde er das nie wieder tun. So viel stand fest.

Natürlich müsste er erst einmal mit einer Frau zusammen sein, um das beweisen zu können.

„Ohhh, ist Tyler traurig?" Phil, ein echtes Drachenarschloch, schob sich auf den Stuhl neben ihn. „Bist du dir jetzt bewusst geworden, dass du mit deiner Bettenhüpferei deine Partnerin nie finden wirst? Dein Körper ist so verbraucht, dass, selbst wenn du sie finden würdest, sie dich nicht mehr wollen würde."

Tylers Nasenflügel flatterten, aber er zwang sich ruhig zu bleiben.

In vielen Drachenclans gab es den weitverbreiteten Glauben, dass die Person, mit der man zum ersten Mal Sex hatte, der Partner fürs Leben war. Seinen Partner zu finden und Sex waren so fest miteinander verbunden, dass es unmöglich war, sie separat zu betrachten. Tyler hatte sich immer schon gefragt, ob etwas nicht mit ihm stimmte, aber er wollte es sich nie eingestehen.

Partner wurden nicht vom Schicksal vorbestimmt, sie wurden ausgesucht. So einfach war das.

„Hier", sagte Tyler und legte etwas Geld auf den Tresen. „Lass mich dir einen Drink spendieren, Phil."

Phil kicherte. „Weißt du, es gibt sogar Seiten, auf denen du dir eine Partnerin kaufen kannst. Menschliche Frauen, die verzweifelt nach einem großen, heißen Kerl suchen, der sich um sie kümmert. Meistens sind sie echt hässlich, aber da du keine andere Option mehr hast..."

Tyler nippte an seinem Whiskey und wog ab. Wäre sein älterer Bruder Shane hier, würde er ihm eine verpassen. Aber er war doch auch ziemlich groß, sogar für einen Drachen, und er war ein Navy SEAL. Obwohl

Tyler vor keinem Kampf zurückschreckte, bevorzugte er andere Waffen.

„Also, Phil." Er sprach so leise, dass auch Jackson neben ihm nichts verstand. „Das ist eine süße Sammlung von *My-Little-Pony*-Bildern auf deinem Computer... Hast du die ganz allein gemalt?"

Phil verschluckte sich. Sein Gesicht wurde weiß, während er Tyler anstarrte.

Tyler konnte nicht anders, als ihn anzugrinsen, und klopfte ihm auf den Rücken. Phil schnappte sich seinen Drink und murmelte ein paar Entschuldigungen, bevor er schnell den Bartresen verließ. Tyler grinste, während er ihm hinterher sah. Doch leider verging ihm schnell das Lachen, als Bill Johnson und seine kleine Gang sich lachend und brüllend den Weg durch die Bar bahnten. Bill war der größte Drache im Club. Was er in den Muskeln hatte, fehlte ihm im Kopf. Er hatte eine große Klappe, war aggressiv und habgierig. Kurz gesagt: Bill sagte viel und dachte wenig. Er tat so, als gehörte der Club ihm, was an guten Tagen einfach nur nervig war.

Aber das hier waren keine guten Tage.

Tyler spülte sein Getränk hinunter und genoss das Brennen der Schärfe, bevor er das Glas zurück auf den Tresen knallte. Es war das Beste, hier zu verschwinden, bevor Bill ihn aufstachelte. Im Ernst, nur weil Tyler seinen Zorn kontrollieren konnte, hieß es nicht, dass er keine Zähne hatte. Irgendwann würde Bill zu weit gehen und dann würde Tyler ihm zeigen, wie scharf seine Zähne waren.

„Ratet mal, wer sich eine Partnerin gekauft hat?", krähte Bill.

Tyler rührte sich nicht. Hatte er gerade gesagt, dass er sich eine Partnerin gekauft hatte? Er hob seine Augenbraue und drehte sich um. Seine Neugier war diesmal zu groß, um nur teilnahmslos dazusitzen und zuzuhören. Sein Blick wanderte zu Phil, der grinste. Es war durchaus wahrscheinlich, dass Phil ihn davon überzeugt hatte und Bill war die Sorte Mann, die so etwas tatsächlich für eine gute Idee halten konnte.

„Jup." Bills Brust schwoll an und er warf ausgerechnet Tyler, von allen Leuten, die hier saßen, einen hämischen Blick zu. „Es gibt da diese Seite mit wunderschönen, menschlichen Frauen, die nach einem Drachen suchen, und ich habe mir eine geholt. Sie ist schön und liebt Rollenspiele im Bett. Ich kann es kaum erwarten endlich loszulegen!"

Er warf seinen Kopf zurück und lachte laut. Seine Gefolgsmänner stimmten mit ein. Ein paar weitere kicherten und Tyler grinste. Bill dachte wahrscheinlich, dass man ihn witzig fand. Er sollte jetzt nicht noch das Feuer schüren...

Aber er konnte nicht ruhig bleiben.

„Also - du hast dir eine Frau gekauft, damit sie dich hässlichen Vogel anschaut?", rief er. „Tja, das überrascht mich nicht. Wer weiß, vielleicht bleibt sie ja bei dir... Aber es ist schon merkwürdig, dass keines der anderen

Mädchen, die du herumkommandiert hast, als gehörten sie dir, es lange mit dir ausgehalten hat."

Bill kniff seine Augen zusammen und konzentrierte sich auf Tyler. Seine Lippen verzogen sich zu einem höhnischen Grinsen und er ging auf den kleineren Drachen zu. Ein paar der Gäste fingen an zu lachen, aber die meisten drehten sich weg, als wollten sie jetzt schon vermeiden, etwas Hässliches zu sehen. Tyler war es egal. Das Leben war im Moment beschissen und er konnte etwas Aufmunterung gut vertragen.

„Du sagst, ich kann keine Frau halten?" Bill sah ihn belustigt an. „Ha. Du bist doch derjenige, der jeden Monat eine andere Frau hat. Du denkst, du bist so cool mit deinen Tattoos und Grübchen und –"

„Oh, dir gefallen meine Grübchen?" Tyler grinste ihn an und zwinkerte ihm kokett zu. „Oh man, Bill, das habe ich ja nicht gewusst."

Bill starrte ihn an. Er öffnete seinen Mund, schloss ihn und öffnete ihn wieder. „Du... du bist armselig. Nur weil du nicht glücklich bist, heißt es nicht, dass du hier rumsitzen und das Glück anderer ruinieren kannst. Du bist es nicht wert, dass man mit dir redet."

Tyler lachte, obwohl die Worte ihn trafen. „Und dennoch stehst du hier und redest mit mir."

Bill knurrte in seiner Kehle. „Frauen verlassen mich nicht."

„Nein, sie laufen weg und verstecken sich vor dir."

Rauch füllte die Luft. Er bewegte sich auf gefährlichem Terrain. Tyler gähnte und nahm sich den neuen Firewhiskey, den der Bartender ihm hingestellt hatte. Jetzt war es Zeit sich zurückzuziehen. Doch aus irgendeinem Grund störte es ihn. Tyler war keiner dieser Machomänner, die beweisen mussten, wie hart sie waren, nur um ihr kleines Ego zu verstecken. Normalerweise reichte es ihm zu wissen, dass er Bill aufstacheln konnte.

Aber heute war es anders und er wollte diesen großen Ochsen vor allen Leuten demütigen.

„Du bist doch nur eifersüchtig, dass ich eine Partnerin vor dir gefunden habe", zischte Bill. „Und ja, ich habe meine gekauft. Das ist ohnehin besser als dieses sinnlose Rumlaufen, um eine vernünftige Frau unter all den Weibern zu finden, die nur Sex wollen und dich wegwerfen, sobald sie fertig sind. Du kannst jetzt also deine große Klappe halten."

Tyler zuckte mit den Schultern.

Bill griff in seine Hosentasche und Tyler verzog das Gesicht, während er etwas herauszog. Er klatschte das Bild auf den Tresen. „Sie ist wunderschön. Du wünschst dir doch, dass du eine Frau hättest, die nur halb so schön ist wie meine Bernice."

Nein. Das konnte nicht wahr sein. Tyler schaute zögerlich auf das Bild.

Ihm stockte der Atem. Sie war es. Bernie. Und auf den ersten Blick wirkte ihr Gesichtsausdruck sinnlich. Aber ihm fiel schnell auf, dass das nicht der Blick war, den sie ihm immer zugeworfen hatte, wenn sie ihn verführen wollte.

Nein. Sie sah ängstlich aus.

Er konnte gerade noch die Website auf dem Foto sehen, bevor Bill es sich wieder nahm. „Nimm deine dreckigen Augen von ihr."

Tyler drehte sich weg. Während Bill weiterhin prahlte, nahm er sich sein Handy und suchte nach der Website. Einiges stimmte – sie war Archäologin und schön. Aber dass sie gerne Sexspiele spielte und vorgab eine Gefangene zu sein, war völliger Blödsinn.

Er fand eine Adresse, wo man eine gekaufte Frau abholen konnte. Tyler schnappte sich seine Schlüssel und rauschte aus dem Club.

Wenn sie sich da wirklich angemeldet hatte, würde er sie in Ruhe lassen. Aber was, wenn nicht? Nun, dann... würden sie dafür bezahlen.

Kapitel DREI

Bernie

Bernie wusste nicht, was sie tun oder denken sollte. Alle Männer um sie herum trugen Waffen bei sich, perfekt versteckt. Sie bezweifelte nicht, dass sie auf sie schießen würden, sollte sie aus der Reihe tanzen. Der Gedanke allein war beängstigend.

Und was sollte jetzt als Nächstes passieren? Nachdem sie hier angekommen war, hatten ihre Entführer ihr gesagt, dass sie nach den drei Monaten, für die sie verkauft worden war, nach Hause gehen durfte – vorausgesetzt sie benahm sich und war ein gutes Mädchen. Die Schulden ihres Vaters sollten damit beglichen sein.

Aber sie hatten ihr nicht gesagt, um was für eine Summe es sich hierbei handelte. Was sie ihr aber deutlich erklärt hatten, war die Tatsache, dass, sollte sie sich nicht benehmen und der Käufer sein Geld zurückverlangen, sie und Xavier umgebracht werden würden.

Sie würde sich also benehmen müssen. Sie würde die charmanteste, verführerischste Frau sein, die sie sein konnte. Dann würde sie zu ihrem Baby zurückkehren und ans andere Ende des Landes ziehen.

Etwas Ähnliches war Kayla passiert, als sie ihre erste Ausgrabung durchgeführt hatten. Glücklicherweise hatte Shane die Leute fertigmachen können, bevor etwas Schlimmes passieren konnte. Er hatte Monate gekämpft und wurde so schwer verletzt, dass seine Heilungskräfte auf ein menschliches Level gesunken waren.

Aber ich? Ich habe keinen gutaussehenden Drachen, der zu meiner Rettung eilt.

Bernies Hände zitterten und ihre Augen brannten. Sie kniff sie fest zusammen und schüttelte ihren Kopf. Sie musste eine gute Schauspielerin sein, um hier herauszukommen. Wenn sie weinte, würden nur unnötig Fragen auftauchen.

Mein Hund ist gestorben. Das würde sie dann erzählen. *Ich habe ihn bekommen, als er noch ein Welpe war und jetzt ist er gestorben...* Ging es Xavier gut? Hatte ihr Vater ihn einfach allein gelassen, um trinken zu gehen? Wechselte er seine Windeln? Fütterte er ihn?

Und wie sollte sie ihrem „Besitzer" erklären, warum ihre Brüste so prall und voll mit Milch waren? Wie sollte sie das hier nur überleben?

„Lächle, Schätzchen. Dein neuer Freund ist angekommen." Einer der Männer piekte ihr in den Rücken.

Sie bemerkte, wie krumm sie dastand und drückte ihre Schultern durch. Eines war sicher. Der Idiot, der Frauen im Internet kaufte, würde sie nicht weinen sehen. Sie biss die Zähne zusammen und zwang sich zu einem Lächeln.

Einatmen, ausatmen.

Schon bald tauchte ein Mann im Anzug mit einem anderen Mann im Schlepptau auf. Er trug zerrissene Jeans und eine Lederjacke, seine Haare waren zerzaust.

Bernies Augen wurden groß. Tyler.

Tyler?

„Was zum Teufel!", platzte es aus ihr heraus, bevor sie sich aufhalten konnte. „Was machst du hier?"

Er schlenderte zu ihr rüber und legte einen Arm um ihre Taille. „Ich habe dich gekauft, Süße. Und du warst nicht gerade günstig. Jetzt kannst du also nicht mehr Nein sagen. Du bist mein und das für immer."

Sie war sprachlos. Was machte er hier? Nachdem er einfach ohne ein Wort verschwunden war? Sie ballte ihre Hände zu Fäusten. Eine Welle von Wut brach aus ihr heraus und sie sprang nach vorne und die Fäuste flogen. Er sprang mit einem überraschten Gesichtsausdruck von ihr weg. Dieser änderte sich aber schnell und er lachte.

Einer der Männer packte sie am Arm. „Bernice, du erinnerst dich sicher an unsere Vereinbarung –"

Ihr Magen sank tief, aber Tyler lachte weiterhin. „Sie hat ja Temperament! Ihr glaubt gar nicht, wie ich mich gefühlt habe, als ich herausgefunden habe, dass die kleine Schlampe sich online verkauft. Ich –"

„Sir", unterbrach ihn einer der Männer. „Wie lautete Ihr Code für die Abholung noch gleich?"

Tyler drehte sich um und sah ihn gelangweilt an. „Den habe ich Ihnen doch schon genannt."

„Ja... aber können Sie ihn mir noch einmal sagen? Ich möchte sicherstellen, dass es hier kein Missverständnis gibt."

Tyler lächelte ihn an. Und plötzlich flog seine Faust. Sie traf den Mann im Magen und er krümmte sich vor Schmerz. Für einen kurzen Moment stand alles still. Dann lächelte Tyler sie an und zuckte mit den Schultern.

„Ich schätze, ich bin aufgeflogen."

Was? Bernies Herz machte einen Sprung, um gleich wieder zu sinken, als die Männer ihre Waffen auf Tyler richteten. Rauch kam aus seinen Nasenflügeln und seine Augen wurden orange-rot. Dunkle Schuppen breiteten sich auf seiner Haut aus und er lächelte breit, um seine spitzen Zähne zu zeigen.

„Waffen, Gentlemen? Ihr solltet wissen, dass die nicht sehr effektiv gegen mich sind. Habt ihr schon einmal einem Drachen in seiner glänzenden Rüstung bekämpft?"

Bernie wusste, dass es nur zwei Optionen für die nächsten Schritte gab. Entweder würden sie losfeuern, was das Zeug hält, und sie würde von einer verirrten Kugel getroffen werden. Oder die Männer würden die Waffen gegen sie richten und sie als Druckmittel nutzen, damit Tyler sich benahm. In der Sekunde, in der die gesamte Aufmerksamkeit Tyler galt, raste sie auf einen Tisch zu, der auf der anderen Seite des Raumes stand. Die Hitze stieg ihn ihr hoch, als sie den Tisch erreichte. Sie warf den Tisch um und verbarrikadierte sich dahinter.

Sie traute sich nicht zu schauen, was passierte, aber schnell hörte sie Schüsse, gefolgt von einem tiefen Brüllen. Sie wusste, dass Tyler sich verwandelt hatte. Schmerzerfüllte Schreie folgten. Plötzlich wurde der

Tisch zur Seite gerissen. Eine riesige Klaue griff sie und drückte sie gegen einen schuppigen Bauch. Tyler spie eine Welle Feuer, die durch das Dach schoss und genug Platz für ihn machte, um hindurch zu rauschen. Polizeisirenen heulten. Bernie sah zum Gebäude runter und sah ein Dutzend Polizeiautos, die es umzingelten. Tyler hatte sie also gar nicht gekauft. Er hatte das alles geplant, um sie zu retten! Und er hatte sogar die Polizei informiert.

Sie hätte beinahe gelacht, doch es fehlte ein wichtiges Detail – Xavier.

„Ich muss nach Hause", rief sie. Tylers Flügel schlugen laut durch die Luft und sie war sich nicht sicher, ob er sie gehört hatte. „Mein Sohn braucht mich."

Tyler zuckte mitten in der Luft zusammen. Es wäre beinahe komisch gewesen, wäre Bernie nicht ein paar Zentimeter aus seinem Griff gerutscht. Und sie wusste immer noch nicht, wie es ihrem Baby ging. Sie rief ihm ihre Adresse zu. Nach einem kurzen Moment änderte er die Richtung und passte seinen Griff an, damit sie sicherer war. Seine Flügel schlugen härter. Ihr Herz schlug ihr bis zum Hals und der Wind, der ihr ins Gesicht schlug, machte es schwierig zu atmen.

Aber es dauerte nicht lange, bis er mit seinen Beinen den Boden ihrer Straße berührte. Sobald er sie losließ, eilte sie zu ihrem Haus. Licht brannte und sie hörte den Fernseher von innen. Sie trat gegen die Tür und war selbst überrascht, als diese aufsprang und das

Holz am Rahmen herausbrach. Es war offensichtlich keine sehr robuste Tür.

Aber das spielte keine Rolle.

Bernie lief hinein. Sie hörte von drinnen jemanden rufen. Als sie im Wohnzimmer ankam, sah sie überall Bierflaschen und Pizzakartons verstreut auf dem Boden liegen. Ihr Vater hatte Probleme, aus dem Sessel zu kommen. Um seinen Arm war ein Gummiband gespannt. Sie drehte ihm den Rücken zu und lauschte. Xavier weinte im Schlafzimmer.

„Bernice? Was machst du hier?" Ihr Vater packte sie am Arm. „Du wirst uns eine Menge –"

Sie drehte sich um und rammte ihm ihre Faust auf die Nase. Tylers und ihre Augen trafen sich für einen Moment, aber sie erklärte nichts weiter.

„Ruf die Polizei und lass sie diese armselige Person mitnehmen. Er hat mich an die Leute verkauft."

Sie verschwendete keine weitere Sekunde. Schnell lief sie zum Schlafzimmer und nahm Xavier auf den Arm. Seine Schreie wurden lauter, als sie ihn hielt, und sie konnte ihre eigenen Tränen jetzt nicht mehr zurückhalten. Es ging ihm gut. Es war egal, was passiert war oder beinahe passiert wäre – ihrem Baby ging es gut.

***

„Also, da sind wir."

Bernie versuchte, nicht mit offenem Mund auf diese wunderschöne Villa zu starren, vor der sie gerade Halt machten. Hinter dem gelben Taxi kam Tyler mit seinem Motorrad zum Stehen und rollte es auf den Rasen. Sie wusste, dass Shane ein Milliardär war, aber sie hatte nicht gewusst, wie wohlhabend Tyler war. Der Vater ihres Kindes…

Ich werde es ihm nicht sagen, nur um dann Geld von ihm zu fordern.

„Vielen Dank, werter Herr." Tyler drückte dem Taxifahrer ein paar Scheine in die Hand. Er schnappte sich die Windeltasche, warf sie sich über die Schulter und nahm ihren Koffer in die andere Hand.

Ihre restlichen Sachen hatte sie zu Hause gelassen. Ihr Haus wurde gerade mit ein paar Sicherheitsmaßnahmen ausgestattet. Denn letztendlich war dies hier keine permanente Lösung. Tyler bot ihr sein Haus zum Übernachten an, solange bis die Angelegenheit mit ihrem Vater und der Gruppe der Schwarzhändler geklärt war. Da sie eine

Zeugin war und ihr ohnehin schon gedroht wurde, brauchten sie einen sicheren Ort.

„Danke, dass du das tust", sagte Bernie wieder, als sie ins Haus gingen. Das Gelände war eingezäunt und auch so gab es eine Menge Sicherheitsvorkehrungen, die sie vor Racheangriffen schützen würden.

Tyler lächelte flüchtig in ihre Richtung. Sein Blick ruhte für einen Moment auf Xavier, bevor er sich wegdrehte.

Bernie folgte ihm mit trockenem Hals durch das Haus. Er führte sie die Treppen hoch, erzählte ihr, wo bestimmte Sachen sich befanden, aber sie hörte kaum zu. Xavier gurgelte und nörgelte in ihren Armen. Seit sie ihn wieder hatte, konnten die beiden nicht ohne einander, auch wenn es schien, als erholte er sich langsam. Er war natürlich viel zu klein, um die Gefahren, vor denen sie sich schützen mussten, zu verstehen.

Ihr Hals wurde immer trockener, aber sie versuchte es zu ignorieren.

„Bernie, das ist Polly."

Bernie blinzelte sie an und holte sich selbst in die Gegenwart zurück. Eine wunderschöne Frau mit entzückenden schwarzen Locken und dunkelbraunen Augen kam zum Vorschein. Ihre vollen Lippen lächelten sie an und Bernie konnte die Eifersucht, die ihr in den Rücken stach, spüren. Diese Frau war eine Göttin. Das stand fest.

Tyler hatte nie etwas von einer Polly erzählt, also konnte sie keine

Halbschwester sein. War sie das neuste Mädchen in seinem Leben? Ihr Ersatz? Oder ein Ersatz für ihren Ersatz? Wie schnell wechselte Tyler wohl die Frauen?

„Ich freue mich ja so sehr dich kennenzulernen. Und sieh mal einer an, das Baby!" Polly schlug die Hände zusammen und rauschte nach vorne. Sie grinste Xavier an und winkte. „Oh, er ist ja so süß. Es wird so toll sein, ein Baby hier zu haben. Ich versuche Shane und Kayla zu überreden, endlich zu starten, aber sie wollen einfach nicht hören. Und der hier", Polly zeigte auf Tyler, „ist ein Idiot. Er –"

„Polly." Tyler rollte aufgebracht mit den Augen. „Ich bin mir sicher, Bernie braucht etwas Zeit für sich."

„Oh, natürlich." Polly richtete sich auf und grinste immer noch. „Falls du etwas brauchst, schrei einfach. Ich bin für dich da."

Bernie nickte. Sie und Tyler ließen sie allein und sie ging in ihr neues Zimmer. Es war modern und viel zu schick, als dass sie sich hier wohlfühlen könnte. Na ja, zumindest gab es ein Babybett für Xavier. Mit einem Seufzer setzte sie ihn aufs Bett und überprüfte seine Windel.

„Das ist dann jetzt wohl unser neues Haus. Alles wird gut werden, Baby. Das verspreche ich."

Kapitel VIER

Tyler

„Ich komme zurück!"

Tyler unterdrückte ein Knurren, aber sein Feuer flackerte auffällig. Er atmete tief ein und schüttelte seinen Kopf. „Das wird nicht nötig sein, Shane. Alles ist gut. Sie ist in der Villa angekommen. Wir haben die Polizei um uns herum und so weiter. Ihr geht es gut, mir geht es gut, alles ist gut. Du bleibst bei deiner Partnerin."

„Tyler –"

„Na schön. Lass Kayla allein in der Stadt zurück, wo sie entführt worden war und als Preis für einen illegalen Kampf missbraucht wurde, nur um herzukommen." Er wusste, dass es schäbig war, aber er wusste auch, dass es effektiv war. Und er bekam nur Stille als Antwort. „Shane, ich weiß, dass du dir Sorgen machst. Aber es wird alles gut. Jeder, der daran beteiligt war, ist schon hinter Gittern. Bernie und mir wird nichts passieren."

Shane schnaubte. „Natürlich nicht. Versuch aber nicht in alte Muster zu fallen, okay?"

Wut machte sich in Tyler breit, aber er verkniff sich eine Antwort. Es lag wohl daran, dass es kein schlechter Ratschlag war. Es war mehr als offensichtlich, dass Bernie nicht die Richtige für ihn war. Für Shane war es wahrscheinlich von Anfang an klar gewesen. Wäre Shane nicht so beschäftigt gewesen, Kayla zu retten, hätte er ihn schon gewarnt, bevor Bernie und er zusammengekommen wären. Aber spielte es überhaupt eine Rolle?

„Es wird nichts passieren", murmelte Tyler. „Ich muss jetzt auflegen. Ich liebe dich, Bro. Grüße an Kayla."

„Richte ich aus. Ich liebe dich auch."

Tyler legte auf. Er behielt sein Telefon noch eine ganze Weile in der Hand und starrte es an. Er kämpfte mit sich selbst, ob er seinen Bruder noch einmal anrufen sollte, um ihm zu sagen, dass er nicht so überfürsorglich sein sollte. Oder um zu fragen, warum er ihm nie erzählt hatte, dass Bernie ein Kind hatte. Er hätte doch wissen müssen, dass sie schwanger war, denn sie arbeiteten zusammen an den Ausgrabungen...

Tyler schluckte schwer und stopfte sein Handy zurück in seine Hosentasche. So sehr er sich auch bemühte nicht daran zu denken, wanderte sein Verstand zu der kurzen, aber intensiven Zeit, in der er und Bernie zusammen gewesen waren.

All seine Affären waren intensiv, aber mit Bernie war es anders gewesen. Es war nicht nur die sexuelle Anziehung zwischen ihnen – allein der bloße Gedanke daran ließ seine Lenden wirbeln und er stöhnte, als er sich vorstellte, wie er zu ihr ins Zimmer ging und ihre Beine spreizte – sondern auch etwas sehr ... Emotionales.

Die heißen Tage. Sie beim Arbeiten zu beobachten, wie ihre Augen sich aufhellten, wenn sie eine Keramikscherbe oder Schalen in dem Misthaufen, den sie durchwühlten, gefunden hatte. Wie sie ihn zur Kenntnis nahm, die Art, wie sie ihm klarmachte, dass sie keine Spiele spielte. Er hatte sich gerade von einem weiteren Herzen erholt, welches er gebrochen hatte, und sie stand unter Druck, eine der Leiterinnen der Ausgrabungen zu werden, obwohl sie nicht so viel Erfahrung hatte, wie nötig gewesen wäre.

Das erste Mal Sex hatten sie im Wald gehabt. Er hatte sie spät abends summend und herumwandernd und in den Himmel starrend gefunden. Als sie ihn gesehen hatte, hatte sie ihn angelächelt, seine Hand genommen und ihn in den Wald geführt. Sie waren wie die Tiere gewesen. Sie waren hungrig gewesen und es hatte kein Sättigungsgefühl gegeben. Danach war es liebevoller. Wie oft sie am Ende Sex gehabt hatten, wusste er nicht. Er hatte schnell aufgehört zu zählen.

Aber sie hatten nicht immer ein Kondom benutzt. Auch wenn er immer eins bei sich hatte, waren sie manchmal so in dem Moment gefangen gewesen, dass es sie nicht gekümmert hatte.

Zeitlich kam es hin. Etwa vor einem Jahr hatte er eine Affäre mit Bernie gehabt und jetzt hatte sie ein drei Monate altes Kind. Neun Monate Schwangerschaft plus drei Monate ergab ein Jahr.

Aber Bernie hätte es ihm doch erzählt, wenn er der Vater wäre, oder etwa nicht?

Als er in den Flur ging, hörte er Xavier im anderen Zimmer jammern. Er zögerte und sah sich um. Es war Bernies Zimmer, aber sie hatte sicher nichts dagegen, wenn er reingehen und das Baby beruhigen würde, oder? Xaviers

Weinen wurde lauter und es traf Tyler an einer bestimmten Stelle in seinem Herzen. Er schlich sich ins Zimmer und versuchte nichts weiter, als in das Kinderbett zu sehen.

In dem Moment, als Xavier Tyler erblickte, hörte er auf zu weinen.

„Na, hallo kleiner Mann", sagte Tyler. Er lächelte und war überrascht, als er ein riesiges, zahnloses Grinsen als Antwort bekam. Er nahm das Baby hoch und legte es in seine Arme. „Whoa, Junge. Wir suchen lieber mal schnell nach der Mami, damit sie deine Windeln wechseln kann. Du riechst ein wenig streng, Kumpel."

Falls Xavier sich unwohl fühlte, zeigte er es nicht. Er wedelte gurgelnd mit einer Hand. Er war so eine winzige Kreatur, so pummelig und weich und warm. Seine runden Bäckchen waren perfekt für sein zahnloses Grinsen. Tyler konnte nicht anders, als ihn anzulächeln. Auch wenn er wusste, dass er Bernie finden musste, wollte er nicht.

Tyler wollte schon immer Vater sein. Kinder zu haben, die einen anlächelten, die man in der Nacht in den Arm nahm, die mitten im Supermarkt schrien, dass sie einen hassten. Mit dem Partner lange, wehleidige Blicke über diese Eskapaden auszutauschen... Alles, was es bedeutete, Vater zu sein, erschien ihm wundervoll. Das volle Programm. Auch neben seiner Partnerin einzuschlafen und neben genau dieser Frau aufzuwachen, die einen liebte, und zu wissen, dass man nicht allein war, klang großartig.

„Das wäre ein Leben, was?" Er seufzte und drehte sich um, um den Kleinen zu Bernie zu bringen.

Doch das war gar nicht notwendig. Sie tauchte genau in diesem Moment in der Tür auf. Ein Babymonitor war an ihrem Gürtel festgeschnallt. Sie kaute auf ihrer Lippe herum, während sie mit ausgestreckten Armen auf ihn zuging, um Xavier zu nehmen. Ihre Haare waren leicht zerzaust und sie hatte auf den Wangen diesen Schimmer, als wäre sie gerade erst aus dem Schlaf aufgeschreckt. „Danke, dass du nach ihm geschaut hast", sagte sie. „Ich habe gehört, dass der kleine Mann eine frische Windel braucht."

Widerstrebend gab Tyler ihr Xavier. Das Baby begann zu treten und quengelte rum. Seine Mutter zu sehen, hatte ihn wohl daran erinnert, dass es da ein paar Dinge im Leben gab, über die er nicht sonderlich glücklich war. Tyler konnte nicht anders, als zu kichern, während sie Xavier zum Wickeltisch brachte.

„Gibt es etwas, das du wolltest?" Bernies Stimme war ruhig und kühl.

„Nein..."

Sollte er gehen? Tyler warf Bernie einen Blick zu. Auch wenn es sichtbar war, dass sie erschöpft war, hatte das Muttersein sie nur noch schöner gemacht. Und das lag nicht nur daran, dass ihre Brüste wie glänzende Melonen wirkten. Ihre Haut schimmerte golden, ihre Augen war hell und das Haar glänzend. Aber da war noch etwas. Sie wirkte... ausgeglichen.

„Hör auf, mich anzustarren. Das ist mir nicht geheuer." Bernie lächelte ihn an. „Spaß. Du bist ja nicht Nessie."

„Ich bin was nicht?"

„Nessie. Das Loch-Ness-Monster, das Un*geheuer*?", sagte sie mit Betonung auf der letzten Silbe. Sie seufzte und schüttelte den Kopf. „Ich bin der einzige Mensch auf diesem Planeten mit Humor."

Tyler musste darüber lachen. „Tja, du bist ganz sicher die Einzige mit *deinem* Sinn für Humor. Und das liebe ich an –"

„Meinem Humor?", unterbrach sie ihn schnell.

Tyler schluckte, als er bemerkte, was er gerade gesagt hatte. Er schaffte es noch einmal zu lachen und nickte. „Ja. Jeder ist einzigartig."

Bernie sah ihn nicht an. „Ja, das stimmt wohl."

Es klingelte an der Tür und Tyler nutze die Gelegenheit als Entschuldigung, um davon zu stürmen. Als er unten angekommen war, fand er seinen Nachbarn, einen wohlhabenden Neurochirurgen, der auch ein Drache war, bei Polly. Tyler grinste und begrüßte seinen Freund.

„Gilbert! Was machst du hier? Ich dachte, du wärst auf einer gähnend langweiligen Konferenz, um Reden zu schwingen."

„Das war letzten Monat." Gilbert lächelte Polly mit einem Blick an, den nur ein Blinder – oder eine Polly – nicht sehen konnte. Sie winkte ihm nur zu und huschte davon, um ihre eigenen Sachen zu erledigen. Gilbert seufzte und schenkte Tyler jetzt seine Aufmerksamkeit. „Es war ein Erfolg. Ich habe drei neue Studenten. Ich sage dir, diese neue Methode, um Gehirnschäden zu reparieren, wird die Welt revolutionieren. Autounfälle, Sportverletzungen, sogar Alzheimer und Demenz. Es könnte eine Heilung für alles sein."

Tyler nickte. Wenn es etwas gab, über das Gilbert den ganzen Tag schwafeln konnte, war es Medizin. Es gab Gerüchte, dass er schon Millionen aus seiner eigenen Tasche für die Forschung dieser Technik investiert hatte. Mehr als die Hälfte seines Erbes. Das war pure Hingabe.

„Wo wir gerade davon sprechen", fuhr Gilbert fort. „Am Ende des Monats halte ich eine Benefizveranstaltung im Chalet. Ich bin nur hier, um dir die Karten zu geben."

„Sieh mal, ich –"

„Shane hat sie gekauft." Gilbert zuckte mit den Schultern. „Er hatte mich kontaktiert. Ich weiß, dass es bei dir in Sachen Arbeit gerade nicht so gut aussieht. Du wolltest einen Reiseblog anfangen, oder?"

Tyler nickte. „Ja, ich muss nur die richtige Plattform dafür finden. Ehrlich gesagt, habe ich wohl … ich habe wohl eine *Midlife-Crisis* in meinen Zwanzigern. Ich habe wohl nicht genug Druck in meinem Leben, oder? Man muss immer einen Plan B haben. Ich gebe Shane die Schuld, weil er sich immer um mich gekümmert hat und ich gebe unserer Mutter die Schuld, weil sie ihn dazu gebracht hat."

Auch wenn er versuchte, es unbeschwert nur so daher zu sagen, tat die Wahrheit in den Worten weh. Warum würde Bernie, falls Xavier sein Sohn war, ihn als Vater für ihr Kind haben wollen? Vielleicht musste er einen Job finden, für den er auf die Uni gehen konnte. Vielleicht konnte er ein Archäologe werden, wie Bernie. Dann könnten sie zusammenarbeiten und –"

Whoa. Nein. Ganz falsche Richtung.

Dennoch tat es ja nicht weh darüber zu fantasieren, wie sie sich für die Benefizveranstaltung in Schale wirft. Er grinste und nahm die Karten von Gilbert und stellte sich dabei vor, was sie unter dem Kleid tragen würde.

„Also..." Gilbert grinste ihn an. „Ich habe gesehen, dass du eine Frau letzte Nacht mitgebracht hast. Sie sah echt gut aus... Wann steigt die Hochzeit?"

Tyler starrte ihn an. Sein Feuer flackerte auf, aber Gott sei Dank stieg kein Rauch von ihm auf. Gilbert reagierte auf jede Frau so, die Tyler mitbrachte, aber Bernie war anders. Natürlich kannte Gilbert ihre Geschichte nicht. Und Tyler hatte keinen Nerv, es ihm zu erklären. Also schwieg er und starrte ihn einfach nur finster an.

Gilbert hob die Hände. „Sorry, dass ich gefragt habe. Gott, was bist du denn so steif? Ist sie schon verheiratet, oder wie?"

„Ich treffe mich nicht mit verheirateten Frauen." Tyler konnte die

Bissigkeit in seiner Stimme nicht unterdrücken. „Danke für die Karten. Wir werden kommen. Und dann kannst du meinen Gast kennenlernen. Ich helfe ihr gerade durch eine schwere Zeit."

Gilbert hob eine Augenbraue.

„Und sagst du noch ein Wort, lasse ich Polly wissen, dass du in sie verliebt bist."

Gilberts blasse Haut wurde rosarot. Er schüttelte den Kopf. „Ich bin ja ruhig. Wow... Bis dann, Ty. Pass auf dich auf."

Tyler schloss die Tür. Warum hatte er gesagt, dass Bernie mitgehen würde? Mit einem Seufzer ging er zu seinem Büro. Er musste endlich herausfinden, was er vom Leben wollte. Jetzt war es wichtiger, denn je zuvor.

Kapitel FÜNF

Bernie

Der kleine Strich auf dem Screen ihres Tablets blinkte weiterhin. Sie starrte auf das Textbearbeitungsprogramm, unsicher, was sie schreiben sollte. Bisher hatte sie nur den Briefkopf fertiggeschrieben. Sie schrieb an Esther, die Leiterin der Ausgrabungen, mit der sie fast ein Jahr zusammengearbeitet hatte, bevor sie in den Mutterschutz gegangen war.

Aber es fühlte sich so falsch an, es so zu schreiben. Esther war mehr wie Familie für sie als ihre echte Familie. Jetzt so formell zu sein, kam ihr merkwürdig vor.

„Das Wichtigste ist, sicherzustellen, dass du eine tolle Kindheit hast." Sie sah auf ihr Baby.

„Und das beste Fundament dafür ist ein stabiler Job, der mich bis auf die Knochen langweilt."

Xavier gähnte und trat mit seinen Füßen.

Bernie schaltete das Tablet aus und warf es zur Seite. „Keine Sorge. Ich werde es schon bald tun. Sie warten auf meine Antwort, weißt du. Es ist nicht fair, wenn sie rumsitzen und darauf warten müssen, dass ich nicht zurückkommen werde. Also muss ich es tun. Sobald ich die richtigen Worte finde."

Sie kreiste mit ihrem Kopf und versuchte gegen die Verspannungen in ihrem Hals anzukämpfen. Mit allem, was gerade vor sich ging, könnten eine Massage und ein Besuch beim

Chiropraktiker nicht schaden. Der Stress brachte sie um.

Wäre ihr Vater nicht, hätte sie eine Entscheidung getroffen. Sie war enttäuscht, aber auch entschlossen. Jetzt, wo er im Gefängnis saß, war alles wieder durcheinandergeworfen worden. Na ja. Zumindest hatte er sich für schuldig erklärt und sie musste nicht gegen ihn aussagen. Sie musste ihn nicht wiedersehen.

Ihre Familie hatte aber seitdem auch nichts getan. Ihre Mutter hatte ihr eine E-Mail geschickt und gefragt, ob sie okay war. Das war's. Der Fall lief in den Nachrichten rauf und runter und sie bemühten sich nicht einmal darum, sie anzurufen. Bernie wollte ja auch gar nicht, dass sie deshalb anriefen. Ganz sicher würden sie es schaffen, dass es am Ende doch nur um sie selbst ging.

Das hier würde niemanden weiterbringen. Sie musste etwas tun, um auf andere Gedanken zu kommen. Bernie ging die Treppe hinunter. Polly saugte Staub, aber als sie Bernie sah, schaltete sie den Staubsauger aus.

„Möchtest du tauschen?" Bernie hielt ihr das Baby hin.

Polly sah ihn begeistert an. „Baby versus Arbeit. Ja, da sag ich nicht Nein."

Polly drehte sich mit Xavier einmal im Kreis und machte eine alberne Grimasse. Bernie nahm den Staubsauger und machte sich an die Arbeit. Es war eine Erleichterung, dass sie jetzt so eine anspruchslose Aufgabe verrichten konnte und schnell fand sie Erholung in den monotonen Bewegungen des Staubsaugens. Ihr Verstand wanderte an einen anderen

Ort. Sie dachte nicht mehr an Arbeit, Gott sei Dank, aber als sie Polly mit Xavier sah (laute Geräusche hatten ihn noch nie gestört), kam ihr ein anderer Gedanke.

In ihrer kurzen Zeit zusammen hatte Tyler sie vielleicht gerade mal einen Eimer mit Dreck tragen lassen. Er war weitaus mehr, als man von einem Freund erwarten würde, wenn es um die Fürsorge der Freundin ging. Manchmal war es sogar schon ein wenig lästig gewesen. Bernie mochte es nicht abzuwaschen oder so was. Ihr gefiel die schwere Arbeit bei den Ausgrabungen. Für sie war es wie ein Workout, aber ohne darüber nachzudenken.

Bedeutete also Pollys Hausarbeit, dass sie über diese Phase hinaus waren?

Als sie mit Staubsaugen durch war, fand Bernie Polly mit Xavier wieder. Bernie setzte sich an die Ecke der Couch, unsicher, wie sie von hier weitermachen sollte. Sie atmete tief ein. Es war wohl das Beste, einfach mit der Tür ins Haus zu fallen. Sie hoffte nur, dass sie nicht eifersüchtig klang.

„Also... Wie lange leben du und Tyler schon zusammen?"

Polly sah auf. Ihre dunklen Augenbrauen krümmten sich und dann lächelte sie. „Tyler und ich? Ich schätze, es sind jetzt, wow, zwei Jahre. Aber ich habe meine Wohnung abseits der Villa. Ich brauche meine Privatsphäre."

Bernies Augen schmälerten sich bei der Art, wie sie redete.

„Ich bin nur die Haushälterin." Polly schüttelte ihren Kopf und lachte.

„Du bist noch nicht über ihn hinweg, oder? Versuch erst gar nicht, das abzustreiten. Die Eifersucht steht dir quasi ins Gesicht geschrieben."

Bernie senkte ihren Kopf und sie konnte nicht abstreiten, wie erleichtert sie sich fühlte. Sie wusste nicht, wie sie reagiert hätte, *wären* Tyler und Polly wirklich ein Paar gewesen. Wahrscheinlich nicht sonderlich positiv. Gelb stand ihr nicht sehr gut, dennoch konnte sie nicht anders und war eifersüchtig.

„Weißt du, wenn du ihn haben willst, musst du nur deinen Finger um ihn wickeln", fuhr Polly mit ausgeglichenem Ton fort. „Ich habe eine Menge Frauen kommen und gehen sehen. Du bist die Einzige, die noch in seinen Gedanken schwebt."

„Ja", schnaubte Bernie. „Vor allem mit den extra Kilos von meiner Schwangerschaft auf den Rippen."

Polly lachte. „Du glaubst, dass das ein Problem ist? Drachen stehen auf kurvige Frauen. Und nicht so wie die meisten Männer, die auf dicke Brüste und einen runden Arsch stehen, aber der Rest soll dünn sein. Mädels mit ein bisschen Fleisch auf den Knochen, so wie du und ich. Und du hast auch noch diese umwerfenden Augen."

Die Hitze trat auf Bernies Gesicht. Sie räusperte sich, denn sie wusste nicht, wie sie darauf reagieren sollte. Sie sah nach links und sie sah nach rechts, bevor sie mit den Schultern zuckte. „Ich sollte versuchen Xavier zu füttern. Die paar Tage, in denen ich ihn nicht hatte, haben meinen Milchhaushalt durcheinandergebracht. Ich muss ihm so viel wie möglich davon geben."

Polly nickte, hob Xavier hoch und überreichte ihn an seine Mutter. Bernie machte sich bereit, um ihn zu füttern. Polly summte für einen Moment und lächelte sie dann an.

„Du bist also Archäologin, richtig?"

Bernie nickte.

„Ich war auf einer Schule für Archäologie. Musste aber aufhören. Doch irgendwann werde ich weitermachen."

„Das solltest du. Wir haben nie genug Archäologen und es ist so eine tolle Arbeit."

Polly nickte. Sie schaute für einen Moment traurig aus und stand dann auf.

„Ich werde jetzt Abendbrot vorbereiten. Ruf nach mir, wenn du etwas brauchst."

Bernie machte es sich schnell bequem, legte Xavier an eine Brust und ließ ihn saugen. Er sah auf und seine großen, blauen Augen starrten sie an. Tyler kam ins Zimmer, aber Bernie bedeckte sich nicht. Das Baby versteckte ohnehin alles, was es zu verstecken gab und Tyler wusste, dass es nichts Sexuelles war. Zumindest sollte er das.

Tyler grinste Xavier an und schaute dann zu ihr. „Kann ich mich hinsetzen?"

Bernie nickte und räusperte sich. „Ähm... Danke, dass ich hierbleiben darf. Und für die Rettung. Ich weiß, dass du das nicht hättest tun müssen."

„Ich musste es tun. Shane ist nicht der einzige Held in unserer Familie, weißt du."

„Okay. Na ja, danke. Ich –"

Tyler grinste sie an. „Du musst mir nicht dauernd danken. Ich hätte es für jeden getan. Ich bin nur froh, dass ich nicht schlimmer verletzt worden bin. Oder verhaftet. Die Bullen waren ganz schön sauer auf mich."

Bernie konnte nicht anders, als zu kichern. „Ich weiß gar nicht, warum. Vielleicht, weil du in eine gefährliche Situation ohne Rückendeckung hineinmarschiert bist. Oder vielleicht, weil Kugeln geflogen sind. Oh, oder vielleicht, weil du das Dach komplett zerstört hast. Nee, daran kann es nicht liegen. Du hast sie einfach nur dumm dastehen lassen."

„Das war es wohl." Er knetete sich mit einer Hand den Nacken und schaute unsicher aus. „Also... Bernie. Es gibt da etwas, über das ich mit dir reden möchte. Über letztes Jahr."

Sie verspannte sich. Was würde sie tun, wenn er sie fragen würde, ob Xavier sein Sohn war? Das würde er nicht. Aber falls doch? Der Gedanke musste ihm gekommen sein... Das Timing passte einfach zu gut! Er war nicht dumm. Wenn er es vermutete und fragen würde...

„Ich weiß, dass ich unerwartet abgehauen bin."

Bernie schnaubte. „Wir hatten Sex und am nächsten Morgen warst du weg und auf meinem Kissen lag ein Zettel mit einer Nummer. Ja, es war wohl unerwartet."

Tyler zuckte zusammen. „Ja. Ich war ein Arschloch. Ich werde das nicht abstreiten. Die Sache mit Shane hat mich echt fertiggemacht, aber ich hätte mich nicht so verhalten dürfen. Das tut mir leid."

„Es war das zweite Mal, dass du ohne ein Wort verschwunden bist." Sein Ausdruck ließ sie zusammenzucken und sie fuhr schnell fort. „Ich hätte dich angerufen, aber ich habe die Nummer verloren."

Warum hatte sie das gesagt? Es war eine Lüge. Sie hatte das Stück Papier mit seiner Nummer immer noch.

Er sah auf. Ihre Augen trafen sich für einen Moment und Bernie dachte, dass sie Hoffnung in ihnen sah. Dann sah er weg und sie tat es auch. Xavier öffnete seine Faust und schloss sie wieder. Er saugte fester, was bedeutete, dass die Brust nicht mehr genug Milch hatte. Sie wollte ihn nicht einfach abnehmen und Tyler ihre Brust zeigen, also warf sie sich erst eine Decke über.

Zu ihrer Überraschung hielt Tyler seine Arme hin und bot an, ihn für ein Bäuerchen zu nehmen. Bernie übergab ihm das Baby. Tyler setzte Xavier auf seine Knie und hielt ihn mit einer Hand fest, während er ihm mit der anderen den Rücken tätschelte, um ihn für ein Bäuerchen anzuregen.

„Du siehst aus, als machst du das nicht zum ersten Mal. Du bist doch nicht etwa in Wahrheit ein Kindermädchen, oder? Oder ist es ein Kinderjunge? Wir können ja nicht das gleiche Wort für Männer und Frauen benutzen. Es ist –"

„Es ist das Gleiche." Tyler schüttelte seinen Kopf. „Atme tief durch und zähle bis zehn, du wirst schon ganz rot."

„Du zählst bis zehn." Sie konnte nicht anders, als zu lächeln.

Xavier rülpste kräftig und Tyler rieb ihm jetzt den Rücken. „Das fühlt sich doch gleich besser an, nicht wahr? Und zu deiner Information", er sah zu Bernie, „einige Frauen, mit denen ich mich in der Vergangenheit getroffen habe, waren alleinerziehende Mütter. Ich bin es gewohnt."

Einige Frauen, mit denen er sich getroffen hatte. Natürlich. Bernie sah schnell weg. Wollte er ein Vater sein, wäre er es. Er hatte sicher genug Möglichkeiten dazu gehabt. Und wenn sie es ihm jetzt sagen würde? Na ja, finanziell sah es nicht allzu rosig aus. Sie musste sich entweder für einen Job entscheiden, den sie liebte oder für einen, der genug Geld nach Hause brachte. Sie musste ihren Job kündigen und den an der Schule annehmen, bevor sie es ihm sagen konnte. Ansonsten wirkte es, als wollte sie nur sein Geld.

Also nein. Sie konnte es ihm nicht sagen. Noch nicht.

Kapitel SECHS

Tyler

Aaaaargh. Was für ein Tag. Dinge für das Baby einzukaufen, wenn gerade Schlussverkauf war, war ein Albtraum. Es war eine schlimmere Schlacht, Windeln zu bekommen, als Bernie von diesen Menschenhändlern zu befreien.

Tyler rieb sich die Augen und gähnte, während er von seinem Motorrad stieg. Die Taschen an seinem Motorrad waren vollgestopft mit Windeln und einigen Kleidungsstücken, die er so süß fand, dass er einfach nicht hatte widerstehen können. Aber er brauchte mehr Zeit. Xavier war in letzter Zeit besonders launisch. Sie wussten nicht, warum, und er hatte sich den ganzen Morgen um Xavier gekümmert, während Polly Bernie massiert hatte. Er hatte Bernie gesagt, dass er noch im Club vorbeischauen würde, bevor er nach Hause fuhr. Drachen konnten nicht so einfach betrunken werden, also würden ein paar Drinks nicht schaden.

Er gähnte wieder, als er die Treppen zum zweiten Stock hinaufging. Wer hätte gedacht, dass ein Baby im Haus so ermüdend sein konnte? Aber es war auch bereichernd.

Als er im Club ankam, spürte er, wie alle Augen auf ihm ruhten. Tyler sah an sich hinunter, um sicher zu sein, dass er nicht ein wenig Windelinhalt an sich kleben hatte, und ging dann zur Bar. Jackson huschte durch die Menge und packte ihn am Arm.

„Du verschwindest besser von hier."

Tyler hob eine Augenbraue. „Was, ich war ein paar Tage nicht hier und schon bin ich ein Ausgestoßener?"

Jackson kniff die Augen zusammen. „Das ist kein Scherz. Bill ist stinksauer und er hat geschworen, dich zu töten."

„Weshalb hat Bill denn so schlechte Laune?"

„Spiel keine Spielchen, Freeman. Er weiß, dass du seine Partnerin gestohlen hast und er ist sauer. Du musst die Füße stillhalten, bis er eine andere weibliche Ablenkung gefunden hat."

Nun ja, es gab eine Menge in dem Satz, über das Tyler liebend gern gestritten hätte. Doch leider bekam er nicht die Gelegenheit dazu. Ein Brüllen erfüllte die Luft und eine Wolke aus

Rauch traf ihn hart. Kurz darauf fühlte er einen Faustschlag gegen seinen Kopf knallen. Tyler strauchelte auf den Boden und rollte sich einige Male. Seine Sicht wurde verschwommen und er schwankte, als Bills Wanderstiefel auf ihn zumarschierten.

„Hallo, Bill."

Bill packte ihn am Nacken und zog ihn auf seine Beine. „Du hast ja Nerven, hier aufzutauchen. Glaubst du, dass dein Geld deinen dürren, kleinen Hals retten kann? Ich werde dir deinen Kopf von deinen Schultern schrauben und deinen Körper verbrennen. Und wenn ich fertig bin, werde ich aus deinen verkohlten Überresten eine Marmorplatte machen und diese in eine Toilette umbauen, damit ich für den Rest meines Lebens auf dich scheißen kann."

Die Emotionen kochten eindeutig über. Tyler überlegte, ob er ihn auf die mangelnde Logik seiner Rede hinweisen sollte, aber als er die Flammen in Bills Mund flackern sah, entschied er sich dagegen. Bill hob ihn hoch und warf ihn auf den Billardtisch. Die dicken Beine des Tisches hielten ihn, aber die Platte knackte unter seinem Gewicht.

Tyler rollte sich über den Tisch und landete auf der anderen Seite. Der Billardtisch war in der Mitte gebrochen. Er zeigte darauf.

„Das hier bezahle ich nicht."

„Du wirst für alles bezahlen!" Bill ging links um den Tisch herum und Tyler machte es ihm nach, damit der Tisch zwischen ihnen blieb. „Du hast mir meine Frau gestohlen!"

Tyler schnaubte. „Ich habe niemanden gestohlen. Weißt du, Frauen sind kein Eigentum, das man besitzen kann. Vielleicht solltest du erst einmal ein bisschen was über Frauen lernen, bevor du dir eine Partnerin suchst."

„Ich weiß, was eine Frau ist, und ich muss sie nicht studieren!"

Beim letzten Wort rauschten die Flammen aus seinem Mund. Tyler konnte gerade noch so ausweichen. In ihrer Drachengestalt machte Feuer und Hitze ihnen so gut wie nichts aus. Aber als Mensch waren sie immer noch genauso verletzlich. Bill schadete sich selbst, wenn er die Flammen so spie. Tyler hob die Hände und bewegte sich zurück. Er musste die Lage unter Kontrolle kriegen, bevor sie ganz aus den Fugen geriet.

„Sieh mal, ich verstehe, dass du aufgebracht bist, aber ehrlich gesagt bist du noch einmal haarscharf davongekommen. Bernie war gegen ihren Willen dort. Ihr Vater hatte sie an diese Leute verkauft und sie haben ihr gedroht, sie zu töten, sollte sie nicht kooperieren. Weißt du, was passiert wäre, wenn ich mich nicht eingemischt hätte? Jedes Mal, wenn du sie geküsst hättest, hätte sie dich nur aus Angst zurückgeküsst, denn sie hätte keine andere Wahl." Tyler atmete tief ein, als er sah, dass die Flammen in Bills Mund erloschen und plötzlich in seine Augen traten. „Das hättest du doch nicht gewollt, oder? Und Bernie auch nicht."

„Du hast nicht gewusst, dass sie nicht freiwillig dort war, bevor du da aufgetaucht bist und alles ruiniert hast."

„Ich wusste es." Tyler zögerte und zuckte dann mit den Schultern. „Ich kenne Bernie. Wir haben uns letztes Jahr kennengelernt, da sie für meinen Bruder bei den Ausgrabungen arbeitet. Ich kenne sie gut genug, um zu wissen, dass sie auf dem Bild, welches du mir gezeigt hast, Todesangst hatte. Es ist nicht deine Schuld, Bill. Du konntest es nicht wissen."

Tyler hatte fast Mitleid mit dem großen Dummkopf. Bills Brust hob und senkte sich. Für einen Moment sah es ganz so aus, als hätte sich die Lage beruhigt und als könnten sie getrennte Wege gehen. Doch dann machte sich Bill groß und brüllte ihn an.

„Ich hätte sie dann eben gerettet. Ich werde sie immer noch vor Männern retten, die so tun, als wären sie auf ihrer Seite, aber in Wahrheit warten sie nur auf den richtigen Moment, um sie aus- und benutzen zu können." Bill grinste höhnisch. „Ich kenne dich, Freeman. Du kümmerst dich nicht um Bernice. Du spielst den Retter in weißer Rüstung, damit du ihr an die Wäsche kannst, nur um sie danach sitzen zu lassen. So, wie du es mit allen Frauen tust. Du willst sie nur für ihren wahren Partner ruinieren, weil du selbst schon beschädigte Ware bist."

Tyler wusste nicht genau, welcher Teil von Bills Anschuldigung ihn am meisten anstachelte, aber seine Flammen erwachten zum Leben und Rauch füllte die Luft um ihn herum. Jeder Zentimeter seines Körpers brannte. Ein Brüllen kam aus seiner Kehle und er sprang nach vorne. Er hechtete über den Tisch und schlug Bill hart ins Gesicht.

Bill taumelte von dem Aufprall zurück und seine Augen waren vom Schock geweitet. Kein Wunder. Tyler war dafür bekannt, dass er immer versuchte, einem Kampf aus dem Weg zu gehen. Aber der kleinere Drachen gab ihm keine Zeit, sich von der Überraschung zu erholen. Er nutzte den Vorteil und jagte nach dem ersten Schlag noch zwei weitere Schläge in seinen Magen hinterher. Die Luft wich aus den Lungen des großen Drachen.

Tyler machte Anstalten, ihn noch einmal zu schlagen, aber einer von Bills Kumpanen packte ihn von hinten. Er nutzte den Griff, um sich hochzuheben und seine Beine in einen weiteren von Bills Männern zu stoßen. Es warf sie beide gegen den Billardtisch. Diesmal hielt er unter der Wucht nicht stand. Einige Leute schrien auf, als der Tisch zersplitterte. Jackson stand dicht neben ihnen und schrie, dass sie aufhören sollten zu kämpfen. Tyler ignorierte ihn.

Und Bill tat es ihm gleich. Als Tyler wieder auf seine Beine kam, lief Bill auf ihn zu. Mehr Rauch füllte die Luft, während der große Drache seinen Arm um Tylers Taille schlang und ihn zu Boden warf. Er ließ nicht von ihm ab und die Fäuste flogen in Tylers Gesicht. Seine Nase knackte und Blut floss. Tyler hob seinen Unterarm vor sein Gesicht, um es zu schützen. Mit der anderen schlug er gegen Bills Nieren.

„Du kleiner Drecksack!", stöhnte Bill und krümmte sich über Tyler. Er hielt sich die Seite mit einer Hand.

Tyler nahm sich die Zeit, um neu abzuwägen. Könnte er Bill jetzt wieder beruhigen? Er musste nach Hause.

Bernie wartete auf ihn. Sie hatte nur noch eine Handvoll Windeln zu Hause für Xavier. Was hatte er sich nur gedacht? Er hatte keine Zeit für solche Zankereien!

„Okay, ich gebe auf", brummte er. Wie gerne hätte er gesagt, dass er zurück zu Bernie und Xavier musste.

Bill kniff die Augen zusammen. „Du gibst mir Bernie also freiwillig?"

Na ja, das hatte er damit nicht gemeint. „Sei kein Idiot. Natürlich werde ich sie dir nicht wie einen Preis überreichen, weil du gewonnen hast."

Bill knurrte und hob erneut seine Faust. Tyler schützte sich wieder, aber in dem Moment mischten sich einige andere Clubmitglieder ein und zogen ihn von Tyler. Tyler stand auf und stöhnte, als der Blutfluss aus seiner Nase zunahm. So nach Hause zu fahren, würde kein Spaß werden. Hoffentlich konnte er seine Nase noch richten, bevor sie anfing zu heilen.

„Ich muss nach Hause", brummte Tyler. „War schön dich zu sehen, Bill."

„Ich werde dich nicht –"

„Im Ernst jetzt, genug ist genug." Tyler schüttelte seinen Kopf. „Du weißt nichts über Bernie. Wie kannst du ihr Partner sein?"

„Ich weiß genug über sie. Sie ist wunderschön, eine Jungfrau und –"

Tyler schnaubte. „Sie hat einen drei Monate alten Sohn. Sie ist keine Jungfrau."

Bill riss seinen Mund so weit auf, dass er wahrscheinlich fast die Erdnüsse auf dem Boden schmecken konnte. Er blinzelte schnell und zuckte dann mit den Schultern. „Gut, sie ist keine Jungfrau. Das ist egal. Mir ist es egal. Wir werden uns schon kennenlernen. Ich werde der Vater dieses vaterlosen Kindes sein. Ich würde alles für meine Partnerin tun."

Was, wenn er wirklich ihr Partner war? Tyler starrte ihn für einen Moment an und sein Herz krachte gegen seine Brust, immer und immer wieder, wie ein Jo-Jo gegen eine Wand. Er hatte das nie in Betracht gezogen. Man sagte, dass einige Drachen ihren Partner auf den ersten Blick erkannten. Er hatte immer angenommen, dass man dabei nur Lust mit Liebe verwechselte. Bei Gott, er hatte einige dieser Exemplare selbst getroffen. Die schöne Frau, bei der er angenommen hatte, dass sie für ihn bestimmt war, bis er sie besser kennengelernt hatte.

Aber was, wenn es bei Bill und Bernie anders war? Was, wenn er wirklich ihr Partner war und wenn sich hier *wirklich* das Schicksal einmischte? Was wäre, wenn Bill und sie sich trafen und Bernie sich in ihn verlieben würde?

Der Gedanke an Bernie mit einem anderen Mann schnitt wie Rasierklingen durch ihn hindurch. Tyler schüttelte seinen Kopf und drehte sich weg. Es machte keinen Sinn sich über etwas aufzuregen, das niemals passieren würde. Nie im Leben würde sich jemand wie Bernie, so liebenswürdig und intelligent, in einen Idioten wie Bill verlieben.

„Ich werde meine Gefährtin holen, Freeman! Es ist mir egal, was du ihr angetan hast und was du ihr einredest. Sie gehört mir und ich werde sie bekommen. Und wenn ich die Welt dafür niederbrennen muss - Bernice wird an meiner Seite sein und wir werden lachen, wenn dein Körper in Flammen aufgeht."

Tyler antwortete nicht darauf. Er verließ den Club und eilte zu seinem Motorrad. Das Pulsieren in seinem Gesicht wurde schlimmer und seine Augen tränten, als das Adrenalin aus seinem Körper sickerte. Die Frage nach dem, was wäre, hing noch weiter in seinem Kopf und er versuchte sie zu verdrängen. Es machte keinen Sinn, sich darüber aufzuregen. Bernie war nicht Bills Gefährtin.

Sie konnte es nicht sein.

Kapitel SIEBEN

Bernie

Das Geräusch einer schließenden Tür schreckte Bernie aus ihrem leichten Schlaf. Sie gähnte, als sie sich umsah, und verzog das Gesicht, als sie bemerkte, dass sie im Sessel eingeschlafen war. Sie überprüfte den Babymonitor und war beruhigt, dass Xavier keinen Mucks von sich gab.

Sie sah Tyler durch den Flur schleichen und mit einem Schlag kam ihr der Traum, den sie gerade noch gehabt hatte, in den Sinn. Seine Lippen auf ihrem Körper. Seine Hände waren überall. Sanfte Küsse, zerrissene Kleidung. Durch den Traum hatte sich in ihr ein Druck aufgebaut, aber jetzt zu wissen, dass er hier war... Polly schlief bei sich. Xavier schlief oben.

Bernie rieb sich für einen Moment die Arme und überlegte. Sie war eng und feucht, bereit für aufregenden Sex. Auch wenn sie versuchte, diese Gedanken nicht zu haben, konnte sie nicht leugnen, dass sie es wollte. Und im Moment mehr denn je.

Licht drang in den Flur und sie hörte, wie das Wasser lief. Bernie presste ihre Handflächen aufeinander und ihre Schenkel zusammen. Es war mitten in der Nacht. Auch wenn alles nach sehr leichter Verführung schrie und ihr Körper danach brannte, Tyler zu spüren, konnte sie nicht. Allein der Klang seiner Stimme und die Nähe zu ihm, hatte sie vermisst, seit er gegangen war. Es würde die ohnehin schon verwirrende Situation nur noch verwirrender machen. Nein. Sie musste einen Schritt zurückgehen, atmen und sich daran erinnern, dass sie nicht mit ihm schlafen konnte, solange sie ihm nicht die Wahrheit erzählt hatte.

Sie log ihn an. So einfach war es. Sie musste ihm von Xavier erzählen, bevor sie überhaupt an ihn denken durfte. Und sie musste zuerst die Jobsache klären, um es ihm erzählen zu können. Sie würde also nicht zu ihm gehen und ihm ins Ohr flüstern, dass sie kein Unterhöschen trug. Was – sie überprüfte das noch einmal schnell – sie doch tat. Das wäre also auch eine Lüge.

Es sei denn, sie zog es noch aus.

Nun, wenn sie entschlossen war, der Versuchung zu widerstehen, sollte sie jetzt nach oben gehen und die Tür und das Baby zwischen sich und ihn bringen.

Als sie sich aus dem Sessel hievte und sich auf den Weg zur Treppe machte, hörte sie Geräusche aus dem Badezimmer. Tyler stöhnte sanft. Zuerst dachte sie, dass er, nun ja, sich selbst Freude bereitete, aber sie bemerkte schnell, dass er Schmerzen hatte. Bernie hatte schon einen Fuß auf die erste Stufe gestellt und zögerte. Sie sollte eigentlich nicht... Doch dann fluchte er leise und sie drehte sich um. Drachen waren hart im Nehmen und wenn Tyler Schmerzen hatte, dann musste sie wenigstens schauen, ob er Hilfe brauchte.

Er war im kleinen Badezimmer. Ein Erste-Hilfe-Set lag im Waschbecken. Er hatte beide Hände an seine Nase gelegt. Im Spiegel sah sie, dass die Vorderseite seines T-Shirts mit Blut durchtränkt war. Ihre Augen wurden groß, als sie das Gesehene verarbeitete und ein Keuchen nicht unterdrücken konnte.

Tylers Kopf schnellte hoch. Er wirbelte herum und offenbarte sein Gesicht, welches so übersät mit Blutergüssen war, dass Bernie ganz schwindelig wurde. Er riss seine Augen auf.

„Bernie! Ich dachte, du schläfst schon." Er bewegte sich etwas unsicher auf einer Stelle und lachte. „Ich habe die Windeln. Sie liegen neben der Eingangstür."

Sein Anblick ließ sie immer noch ein wenig schwindelig fühlen, aber Bernie atmete tief ein und stemmte ihre Hände an ihre Hüften. „Okay. Danke. Und jetzt sag mir, was mit dir passiert ist."

Er zuckte mit den Schultern. „Ich bin in etwas Ärger hineingeraten. Nichts, worüber man sich Sorgen machen müsste."

„Ja, Windeln zu kaufen kann lebensgefährlich sein", sagte Bernie mit trockener Stimme und hochgezogener Augenbraue. „Tu nicht so, als hätte dich eine Frau attackiert, weil du nach der letzten Packung Pampers gegriffen hast. Du bist voller Blut. Hast du am Altar der Männlichkeit Jungfrauen geopfert, oder was?"

Doch dafür war es zu viel Blut. Und die Stelle stimmte auch nicht und es erklärte nicht die Blutergüsse in seinem Gesicht. Bernie hielt seinem Blick stand. Er hatte vielleicht das falsche Mädchen nach seiner Nummer gefragt oder wer weiß was. Sie musste es aus ihm herausbekommen.

„Jungfrauen am Altar meiner Männlichkeit opfern. Das gefällt mir. Ich werde ein Buch schreiben und den Spruch benutzen."

Bernie musste leicht lachen. Das gefiel ihr am meisten, wenn sie und Tyler zusammen waren. Viele Leute sagten ihr, dass ihre flachen Witze grauenvoll waren. Das, oder die Leute verstanden sie nicht. Oftmals verkniff sie sich ihre Witze, aus Angst vor unangenehmem Schweigen. Ihren Lieblingswitz, der Paare mit Deckel und Töpfen verglich, weil sie so schön knallen konnten, hatte sie lange nicht mehr erzählt. Leute schätzten ihren Humor einfach nicht.

Sie schnappte sich einen Alkoholtupfer aus dem Erste-Hilfe-Set und wischte ein wenig Blut von seiner

Stirn. „Ich hoffe, dass es nicht das war, was du getan hast, Freundchen."

„Warum?" Ein wenig Blut tropfte aus seiner Nase, aber es war dick und es schien langsamer zu laufen. „Bist du etwa eifersüchtig? Auf mich und meine Jungfrauen? Ich hätte eine Menge von ihnen opfern müssen, um so viel Blut an mir zu haben.... Und ungeschickt hätte ich auch sein müssen. Aber fahre fort. Erzähl mir, wie eifersüchtig du bist."

Dachte er an die gleichen Dinge wie sie? Daran, sich die Kleider vom Leib zu reißen und Sex in der Dusche zu haben? Sie stöhnte beinahe, als sie an seine nasse Haut auf ihrer dachte. Sie drückte ihre Schenkel wieder zusammen und atmete langsam aus.

„Natürlich nicht." Ihre Stimme klang mehr wie ein Hauchen. „Ich bin jetzt schlauer."

In seinen Augen blitzte etwas und sie bereute ihre Worte. Aber es gab keinen Weg sie zurückzunehmen, ohne der gefährlichen Dusche sehr nahe zu kommen. Mal von ihrem körperlichen Verlangen abgesehen, musste sie die Distanz zu ihm wahren. Ihr Herz konnte allerdings nicht enttäuschter sein.

„Was ist wirklich passiert, Tyler? Du siehst schlimm zugerichtet aus."

Tyler war für einen Moment ruhig, bevor er mit den Schultern zuckte. „Es gab einen Kampf."

„Einen Kampf? Tyler, was hast du dir dabei gedacht? Drachen sind nicht immun gegen alles. Es gibt immer einen Weg, der Gewalt aus dem Weg zu gehen." Bernie kniff die Augen zusammen. „Gegen wen hast du gekämpft?"

„Bill Johnson, der Typ, der ... dich gekauft hat."

Bernie schauderte.

„Er ist davon überzeugt, dass du und er Gefährten seid. Er gibt mir die Schuld, dass ihr immer noch nicht in ewiger Glückseligkeit schwelgen könnt. Er hat mich angegriffen. Ich habe es nicht besser gemacht... Okay, nennen wir das Kind beim Namen: Ich habe es schlimmer gemacht. Aber er war unausstehlich."

Bernie schauderte wieder. Sie wusste, dass der Typ Mann, der eine Frau im Internet kaufte, nicht zu der Sorte Mann gehörte, die sie gerne um sich hatte. Und es lag nicht nur an den unheimlichen Gedanken an Prostitution. Es lag nicht einmal daran, dass sie überhaupt gezwungen worden war. Es war einfach die Tatsache, dass dieser Mann dachte, eine Frau kaufen und dann besitzen zu können, die sie so abschreckte.

Und dass er jetzt auch noch dachte, dass sie zusammengehörten, weil er Geld bezahlt hatte? Und dabei ihre Gefühle und Gedanken komplett ignorierte? Er klang wie ein echter Widerling und zwar einer von der Sorte, den sie in einem Streit erwürgen würde.

Sie schmiss den Alkoholtupfer in den Mülleimer. „Das nächste Mal lässt du mich das regeln. Ich komme zu dir, wo auch immer du steckst, und mache den Widerling fertig. Mit Herbiziden mache ich jedem Unkraut den Garaus."

Tyler grinste sie an.

„Was grinst du so?"

„Oh, nur so. Hat keinen Grund. Außer... Na ja, du weißt schon. Erst schimpfst du, dass man Gewalt immer aus dem Weg gehen kann und sobald du die Situation kennst, bewaffnest du dich und drohst mit Gewalt. Du regst dich also über meine Reaktion auf, obwohl du genauso reagiert hättest."

Bernie kräuselte ihre Nase. Was sollte sie daraufhin sagen? „Nun ja... Vielleicht liegt es an der Situation. Oder daran, dass kämpfen mich heiß macht."

Scheiße. Nein, Rückzug, Rückzug. Zurückspulen und löschen. Das hatte sie nicht wirklich gesagt. Sie konnte nicht in diese Richtung gehen. So sehr, wie sie es auch wollte... Tylers Augen wurden dunkel und er lächelte dieses verführerische Lächeln, welches sie bereits von ihm kannte. Er packte sie an ihrer Hüfte und zog sie sanft zu sich heran. Sie war sich sicher, dass er schon hart und bereit für sie war und der Schmerz in ihrem Inneren nahm noch etwas zu.

„Na ja, wenn dies der Fall ist, kann ich jeder Zeit für dich kämpfen."

Sie durften nicht.

Tylers Augen wanderten zu ihren Lippen. Seine Absichten waren eindeutig. Bernies Gedanken rasten in ihrem Kopf. Kein Gedanke blieb länger als eine Sekunde haften. Sie durften nicht. Sie wollte es. Aber sie musste es aufhalten. Xavier war gerade mal drei Monate alt. Sie sollte viel zu müde und erschöpft sein, um sich nach körperlicher Nähe zu sehnen. Ihre

Hormone sollten ganz auf das Baby abgestimmt sein. Das war ein Traum. Sie durften es nicht tun. Es gab noch so viel zu klären...

Seine Lippen berührten sanft ihre. Sanft und weich und dennoch fordernd. Es fühlte sich so geschmeidig an, wie sie in Erinnerung hatte. Tyler nahm sich zurück. Er atmete schwer, während er in ihre Augen sah. Sie starrte zurück. Seine Hände lagen immer noch an ihrer Hüfte und er zog sie noch näher zu sich heran. Sie fühlte seine Härte durch die Jeans, ganz wie sie vermutet hatte.

Bernie stöhnte vor Verlangen und Frustration. Mehr brauchte Tyler nicht. Er küsste sie wieder. Seine Arme schlangen sich um sie, er zog sie fest an sich und seinen Körper heran. Seine Lippen spielten mit ihren und sie öffnete leicht ihren Mund, damit er seine Zunge tief eintauchen konnte. Bernie presste sich an ihn. Mit einem Knurren schlang sie ihre Arme um seinen Hals.

„Aua!" Tyler zog sich etwas zurück. Er verzog das Gesicht. „Sei vorsichtig mit der Nase, Babe."

Er lehnte sich wieder nach vorne, um sie zu küssen, aber der Moment war verflogen. Bernie verspannte sich und entfernte sich kopfschüttelnd von ihm. Tylers Augen wurden groß, als er sie losließ. Frustration, Scham und Wut trafen sich in ihrem Magen und sie fühlte sich schlecht. Sie drehte sich weg und fluchte über sich und die Situation. Jeder Zentimeter in ihr schrie, dass sie sich auf ihn werfen sollte. Aber ihr Verstand und ihre Emotionen gewannen die Oberhand über ihre körperlichen Bedürfnisse. Sie konnte dafür immerhin auch selbst Hand anlegen.

„Ich kann nicht noch einmal durch diese Gefühlsachterbahn."

„Ich weiß. Es tut mir leid. Ich hätte dich nicht küssen sollen."

Bernie seufzte und drehte sich wieder zu Tyler. „Du musst dich nicht entschuldigen. Es kann eben nur nicht wieder passieren. Wir haben bisher noch nicht einmal über alles geredet. Da darf nichts mehr zwischen uns sein. Ich bin eine Mutter und ich muss mich auf mein Baby konzentrieren. Und ich kann das nicht, wenn ich auch noch ein Beziehungschaos in meinem Kopf habe."

Tyler nickte. Er schaute auf den Boden. „Ich verstehe."

Jetzt hatte sie das Gefühl, als müsste sie sich entschuldigen. Doch wenn sie es tat, würde dies gemischte Signale senden. Stattdessen atmete sie tief ein und brachte mehr Raum zwischen sich und Tyler. „Danke, dass du mir von Bill erzählt hast. Ich werde mir überlegen, wie ich damit umgehen werde. Ich sollte ihm wohl einfach sagen, dass ich nicht nach einem Partner suche."

Tyler nickte wieder.

Es gab nichts mehr zu sagen. Bernie verließ schnell das Badezimmer. Ihr Herz pochte und ihr Mund fühlte sich trocken an. Wie sehr wollte sie sich umdrehen und zu ihm zurückgehen. Aber das wäre ein Fehler. Also ging sie in ihr Schlafzimmer, wo ihr Sohn auf sie wartete, und schloss die Tür.

Kapitel ACHT

Tyler

Am nächsten Morgen war seine Nase wieder zusammengewachsen und die Blutergüsse verschwunden. Er hatte aber dunkle Ringe unter seinen Augen, die er nicht auf den Kampf mit Bill schieben konnte. Letzte Nacht hatte er kein Auge zugetan. Jedes Mal, wenn er seine Augen geschlossen hatte, sah er Bernie und fühlte ihren Körper an seinem und war einfach so geschockt darüber, dass sie diese Art von Beziehung nicht noch einmal haben würden.

Kurz gesagt - es war keine gute Nacht gewesen. Als er aufgewacht war, wollte er Bernie mehr denn je. Er war so frustriert, sie nicht halten zu dürfen, dass er noch vor dem Frühstück in sein

Fitnessstudio ging, um sich am Sandsack, den er sich letztes Jahr geholt hatte, abzureagieren.

Als er mit dem Duschen fertig war, sagte Polly ihm, dass Gilbert da war, um ihn zu sehen. Tyler ging nach unten. Gilbert trug eine kurze Freizeithose und ein passendes T-Shirt. Er begrüßte Tyler herzlich wie immer.

„Ich wollte gerade den neuen Aufsitzrasenmäher ausprobieren. Hast du Lust, rüberzukommen?"

Tyler grinste. „Habe ich die?"

Der Rasenmäher war überragend, ausgestattet mit luxuriösen Sitzen und drei Geschwindigkeiten. Es machte einen riesen Spaß damit zu fahren. Tyler bekam Lust, sein Quad aus der Garage zu holen und damit über das Gelände zu fegen.

„Also, letzte Nacht habe ich einen deiner Freunde herumschleichen sehen", sagte Gilbert, als sie eine Pause vom ‚Rasenmähen' machten. „Ich hätte beinahe die Bullen gerufen, bevor ich seine Jacke gesehen habe. Er ist vom gleichen Club wie du. Du solltest ihnen sagen, dass sie vorsichtiger sein sollten. Ich war bestimmt nicht der Einzige, der beinahe zum Hörer gegriffen hat."

Tyler runzelte die Stirn. Welcher seiner Freunde würde ihm nach Hause folgen? Keiner. Seine Nasenflügel flatterten, als er darüber nachdachte, wer es sein könnte. „Wie sah der Kerl aus?"

„Ich konnte nicht viel sehen, aber er war groß. Riesig. Braunes Haar, vielleicht schwarz. Sah ziemlich robust aus."

„Bill." Tyler fluchte. „Er ist kein Freund. Das nächste Mal, wenn du ihn siehst, ruf die Bullen. Ich will nicht, dass er hier herumschleicht."

Gilbert hob eine Augenbraue. „Aha... Da steckt doch mehr dahinter. Also, wer ist der Typ? Der Freund einer ehemaligen Geliebten? Der Freund deiner neuen Geliebten?"

„Ich schlafe nicht mit Frauen, die Partner oder Ehemänner oder Freunde haben", zischte Tyler. Viele Leute hatten diese Vermutung, wenn sie von seinen vielen Affären erfuhren, aber wie oft sollte er es noch sagen, bis zumindest seine Freunde ihm glaubten? Er atmete tief ein und langsam wieder aus. „Er ist vom Club. Er ist ein Arschloch und wir haben letzte Nacht gekämpft. Ich habe keine Ahnung, was er hier wollte, außer vielleicht offene Rechnungen zu begleichen."

Gilbert runzelte die Stirn. „Das klingt ziemlich ernst. Wenn der Typ dir droht –"

„Ich glaube ehrlich gesagt nicht, dass er irgendetwas tun würde. Aber ich will ihn hier trotzdem nicht sehen. Nicht mit Bernie und Xavier hier. Ich möchte nicht, dass Bernie sich Sorgen macht."

Gilbert grinste. „Klingt, als würdest du dich in sie vergucken. Ich muss sagen, du überraschst mich. Du bist in letzter Zeit nicht du selbst. Du bist mit deinen Gedanken woanders. Wahrscheinlich bei ihr."

Tyler sah zum Himmel auf. Was sollte er sagen? Ja, seine Gedanken waren bei ihr? Aber nicht so, wie Gilbert es sich dachte. Sie hatten eine gemeinsame Vergangenheit und er sehnte sich nach ihr, und auch sonst war alles in seinem Kopf ziemlich verkorkst...

„Ich glaube, Xavier ist mein Sohn", platzte es aus ihm heraus. „Das Timing passt und er könnte es sein. Aber Bernie... Sie hat nichts dergleichen angedeutet. Sie muss doch wissen, dass ich mir meine Gedanken mache. Also entweder wartet sie auf meine Frage oder sie hofft, dass ich nicht selbst darauf schließen kann. Ich weiß nicht, was ich tun soll, aber ich glaube, er ist mein Sohn. Und ich habe keinen blassen Schimmer, wie es weitergehen soll."

Gilberts Augen wurden mit jedem einzelnen Wort größer. Er räusperte sich und fuhr sich mit einer Hand durch sein Haar. „Wow..."

„Jep."

„Wow." Gilbert schüttelte seinen Kopf. „Okay. Das ist... Das ist... Du solltest Folgendes tun. Geh zurück zum Haus, finde Bernie und frag sie. So einfach ist das. Du kannst da nicht drum herumtanzen. Es wird dich nur verrückter machen, als du ohnehin schon bist."

Tyler sah ihn für einen Moment an. Er hatte recht. Er war ein Drache und kein Kätzchen, dass auf seinen Samtpfötchen herumsprang. Er sollte zu Bernie gehen und sie geradeheraus fragen. Falls Xavier sein Sohn war, musste er auch wissen, warum Bernie es vor ihm verheimlichte. Und falls es nicht sein Sohn war? Na ja, dann musste er wissen, warum sie ihm auch das nicht gesagt hatte. Sie musste doch annehmen, dass er sich Gedanken machte.

Und dann würde er das Scheusal finden, welches Bernie geschwängert und dann sitzen gelassen hatte, damit er den Dreckskerl in den Boden stampfen konnte.

Tyler dankte Gilbert und lief los. Sein Körper summte nervös, während er sich seine Worte genau überlegte. Sollte er direkt fragen, oder eher subtil an die Sache herangehen? Nein, er würde nicht herumdrucksen. Er würde sie direkt fragen. Er sollte einfach zu ihr gehen und sie fragen, ob Xavier sein Sohn war. Sie hätte keine andere Wahl, als ihm eine klare Antwort zu geben. Sie würden das Pflaster abreißen und sich dann den Konsequenzen stellen – so oder so.

Er fand Bernie mit Xavier im Wohnzimmer. Sie sang das Alphabet, während Xavier seine Hände zusammenklatschte. Sie sahen so friedlich und glücklich aus und für einen Moment zögerte Tyler. Vielleicht sollte er es zu einem anderen Zeitpunkt machen. Wenn er nicht gerade so einen besonderen Moment ruinierte.

Wenn ich es jetzt nicht mache, werde ich immer neue Ausreden finden, es nicht zu tun.

Er setzte sich auf die Couch, damit er sie ansehen konnte. Sie lächelte ihn an und Xavier drehte sich so auf dem Boden, dass auch er ihn ansehen konnte. Tyler lächelte zurück, aber er konnte es nicht aufrichtig tun.

„Bernie... Ist Xavier mein Sohn?"

Ihre Augen wurden groß. Er konnte sogar hören, wie sie die Luft durch die Zähne einsog. Sie atmete langsam aus. „Nein."

Enttäuschung schwappte durch ihn hindurch, aber er bemerkte, wie Bernie zusammenzuckte. Er runzelte die Stirn. „Nein?"

„Nein. Ich meine, ja, ich meine..." Sie drückte ihre Schultern durch und sah ihn an. „Ja. Xavier ist dein Sohn. Ich weiß nicht, warum ich gelogen habe. Ich hätte es nicht tun sollen. Tut mir leid."

Tyler lehnte sich nach vorne. Seine Ellenbogen hatte er auf seine Knie gestellt und sein Gesicht versteckte er in seinen Händen. Seine Gedanken drehten Kreise. Er wusste nicht, was er empfand. Er war Vater. Er war der Vater eines wunderschönen, süßen und ausgeglichenen kleinen Jungen. Sein Sohn. Aber Bernie hatte es ihm nicht gesagt. Ihr erster Instinkt war es gewesen, zu lügen. Tyler wusste, dass er nicht die ehrenwerteste Person auf der Welt war, aber dass jemand so verzweifelt versuchte, ihn aus dem Leben seines Sohnes fernzuhalten...

„Was habe ich getan?" Er sah auf und Bernie zuckte zusammen. „Hm? Du wolltest offenbar nicht, dass ich von meinem Sohn weiß. Auch wenn du meine Nummer nicht mehr hattest, hättest du es Shane sagen können. Ihr habt schließlich zusammengearbeitet. Er hätte mich angerufen und ich wäre zurückgekommen. Ein Jahr. Ein ganzes Jahr!"

„Ich weiß." Bernie nahm Xavier und setzte sich neben Tyler auf die

Couch. „Und ich habe hundertmal daran gedacht."

Tyler biss sich auf die Zunge, damit er nicht nach dem Grund fragte, warum sie nichts gesagt hatte.

„Ich weiß, dass es nicht fair ist, alles auf dich zu schieben. Aber... Aber du bist abgehauen. Du hast mir nur deine Nummer dagelassen. Ich habe angenommen, wenn du mich in deinem Leben gewollt hättest, wärst du zurückgekommen. Du hättest mich kontaktiert. Ich wollte dich nicht anrufen und betteln, dass du zurückkommst, wenn du es ganz offensichtlich nicht wolltest. Und dann habe ich gemerkt, dass ich schwanger bin... Ich hatte angenommen, dass du so eine Wendung nicht in deinem Leben haben willst."

„Tja, da hast du dich getäuscht."

Bernie hob die Augen für einen Moment, bevor sie sie wieder senkte. „Es tut mir leid."

Tyler war noch nicht bereit, das zu akzeptieren. Noch nicht. „Ich wollte schon immer Vater sein. Und ja, ich bin gegangen, aber ich bin nicht einfach verschwunden. Ich habe dir meine Nummer gegeben, damit du mich anrufst. Und als du es nicht getan hast, habe ich gedacht, dass du mich nicht willst. Dass du über mich hinweg bist und nichts mit mir zu tun haben willst. Du hättest anrufen können."

„Und du hättest bleiben können. Wie hätte ich bitte wissen sollen, dass du Vater sein möchtest? Wir hatten doch nur ein paarmal Sex. Wir haben nicht geredet. Wir haben uns nicht wirklich kennengelernt. Es gab keinen Grund zu denken, dass hinter der Telefonnummer mehr steckte, als mir nicht das Gefühl geben zu wollen, dass ich benutzt worden bin." Bernie stand auf und hielt Xavier fest an sich gedrückt auf ihrem Arm. Das Baby meckerte und strampelte. „Ich hätte es dir sagen sollen, ich weiß. Aber ich habe es nicht. Ich hatte Angst, dass meine Hoffnung einfach zerstört werden würde. Ich kann das nicht... Noch eine Enttäuschung dergleichen ertrage ich nicht. Und Xaviers Vater wird ihn nicht so enttäuschen, wie es mein Vater mit mir getan hat."

Diese Worte wischten alles, was Tyler sagen wollte, weg. Er hatte alles vergessen. Er sprach nicht, sondern streckte nur seine Arme aus. Bernie zögerte, gab ihm aber das Baby.

„Ich werde niemals so wie dein Vater sein, Bernie", versprach Tyler. „Ich möchte ein Teil von deinem und Xaviers Leben sein. Nichts könnte mich davon abhalten. Ich kann dorthin gehen, wo immer du hingehen möchtest. Nichts hält mich hier. Ich hatte auch keinen Vater. Shane hatte immer versucht, Vater und großer Bruder zu sein. Meine Mutter war unglaublich. Aber wenn ich Xavier das geben kann, was ich nie hatte…"

Bernie ließ sich auf die Couch fallen. Ihre Lippen zitterten und sie atmete tief ein. „Danke. Es tut mir leid, dass ich es dir nicht gesagt habe. Es vor dir geheim zu halten, kam mir wie die beste Entscheidung vor. Ich war dumm."

„Du hattest Angst. Das ist ein Unterschied."

Bernie schnaubte. „Kein großer. Ich schätze, ich weiß einfach nicht, wie man eine richtige, gesunde Beziehung führt."

„Ja, ich auch nicht." Tyler verlagerte Xavier so, dass er alles um sich herum sehen konnte. Jetzt, wo die Anspannung zwischen seinen Eltern nachgelassen hatte, war er wieder das entspannte Baby. „Richtig und gesund. Was bedeutet das überhaupt?"

„Deshalb ist es besser, dass wir unsere Beziehung so beibehalten, wie sie ist. Höflich und freundlich."

Tyler öffnete seinen Mund, um zu widersprechen, aber er konnte nicht. Sie hatte recht. Sex und Gefühle machten die Sache nur unnötig kompliziert. Wenn sie ihre Distanz zu allem halten

konnten, wäre es das Beste für Xavier.
„Ja, es ist wohl das Beste."

„Das ist es." Bernie sah enttäuscht aus, lächelte aber. „Na ja... Ich bin froh, dass das geklärt ist. Jetzt können die Dinge zwischen uns besser werden."

„Ja. Das können sie."

Kapitel NEUN

Bernie

„Und wir drücken dein Gesicht!" Bernie lachte, weil Xavier ununterbrochen kicherte. Es wirkte noch etwas abgehackt, als hätte er noch nicht ganz verstanden, was hier vor sich ging, aber es war das süßeste Geräusch der Welt. Sie rollte seine Beine zu seinem Gesicht, um mit seinen Füßen sein Gesicht zu drücken. Er blies ein paar Blasen aus seiner Nase und grinste, als sie ihn wieder losließ. Nur um dann, als sie seine Füße erneut an seine Wangen brachte, in schallendes Lachen auszubrechen. „Uuuuund dein Gesicht drücken."

Seine großen, blauen Augen ruhten die ganze Zeit auf ihrem Gesicht. Er war so ein wachsamer, kleiner Junge.

Er liebte es, alles um ihn herum zu beobachten. Bernie wusste, dass es noch viel zu früh war, um sich Gedanken darüber zu machen, was er wohl später einmal arbeiten würde, aber sie fragte sich, ob er künstlerisch veranlagt war.

Es klopfte an der Tür. Bernie drehte sich um. „Komm rein."

Tyler trat hinein. Er runzelte die Stirn und hob den Kopf. „Hast du es vergessen?"

„Was vergessen?"

Seit ihrer Unterhaltung waren die Dinge zwischen ihnen … freundlich. Das brennende Verlangen, das sie für ihn empfand, war nicht weniger geworden, aber sie hatte jetzt mehr Selbstkontrolle. Sie stellte sich nicht mehr vor, wie sie ihn in der Küche ansprang oder während sie fernsahen. Aber ihre heißen, feuchten Träume hatten nicht aufgehört.

Tyler seufzte. „Du hast es wirklich vergessen, nicht wahr?"

Bernie rollte mit den Augen und stand auf. „Noch einmal: Was soll ich vergessen haben?"

„Den Benefizball. Du weißt schon, der, den Gilbert organisiert? Wir haben dir ein Kleid besorgt und so. Erinnerst du dich?" Tyler runzelte weiterhin die Stirn und sah sie mürrisch an. „Ich weiß, dass es da andere Dinge gibt, auf die wir uns konzentrieren, aber das ist auch wichtig."

„Ach ja. Der Ball. Ich erinnere mich." Jetzt war es an Bernie die Stirn zu runzeln.

Er hatte ihn ein paarmal erwähnt und sie hatten ihr ein Kleid gekauft, ja. Aber es war schon eine Weile her, dass er davon geredet hatte und sie hatten das Gespräch gehabt und sich geeinigt, Freunde zu sein. Sie hatte es, ganz ehrlich, vergessen und sie hätte auch nicht von selbst dran gedacht. Diese sozialen Partys waren nicht ihr Ding. Sie mochte eher ungezwungene Veranstaltungen, wo man Bier trinken konnte und am Lagerfeuer saß und sich Geschichten erzählte.

Aber das Kleid, was sie gekauft hatte, war umwerfend. Es war extra für sie angefertigt worden. Sie hatte noch nie ein Kleid maßschneidern lassen und die Art, wie es an ihr herunterfiel, ließ sie wie eine Göttin fühlen.

„Ich hatte nicht gedacht, dass ich immer noch eingeladen bin. Weil es ja ein Ball ist und wir nur Freunde sind. Du kannst doch Polly mitnehmen. Falls sie nichts zum Anziehen hat, kann sie mein Kleid nehmen. Wir sollten die gleiche Größe haben."

„Gilbert hat Polly ihre eigene Karte gegeben." Tyler machte einen Schritt nach vorne. „Sieh mal, es ist für einen guten Zweck. Wir werden die Hände mit vielen reichen Leuten schütteln. Sie werden alle hinter vorgehaltener Hand reden, dass ich nur hier bin, weil Gil mein Freund ist und Shane mein Bruder. Ich kann ihnen nicht allein gegenübertreten. Können wir bitte als Freunde gehen und uns über sie lustig machen. Bitte? Ich habe niemand anderen, den ich fragen kann."

Bernie kräuselte ihre Nase. Die letzte Rettung zu sein war nicht gerade schmeichelhaft. Aber, so dachte sie, sie suchte ja selbst Ersatz. Deswegen konnte sie wohl nicht Nein sagen.

„Ich habe keinen, der auf Xavier aufpasst. Tut mir leid, Tyler. Ich glaube nicht, dass das im Moment geht. Hättest du mir ein paar Stunden vorher Bescheid gesagt... Wann musst du los?"

Tyler kniete sich neben Xavier. „Bernie, ich habe dir gesagt, dass ich einen Babysitter organisieren werde. Und das habe ich getan. Ihr Name ist Jasmine, sie arbeitet als Kindermädchen. Sie arbeitet sogar für die Eltern des Herrschers. Ich habe sie überprüfen lassen und du kannst gerne die Unterlagen sehen."

Bernie rollte mit ihren Augen. „Ich brauche auch ihre DNA und Fingerabdrücke. Ganz wichtig."

Sie setzte sich neben ihren Sohn und seinen Vater und lehnte sich an dem Bett an. Also - es war alles arrangiert, sie konnte Xavier allein lassen und zu dem Ball gehen, falls nötig. Sie bekam Gänsehaut, auch wenn sie wusste, dass es albern war, Angst zu haben. Die Gemeinde hatte Wachen und es gab keine Hinweise auf die Leute, die sie entführt hatten.

Aber es gab da immer noch Bill Johnson. Er war einige Male hier gewesen und hatte hinter den Toren herumgeschnüffelt. Sie hoffte immer noch, dass er selbst schnell das Interesse an ihr verlor. Nachdem Tyler ihr von dem Kampf erzählt hatte, hatte sie ihn gebeten, Bill anzurufen, und sie hatte ihm erklärt, dass sie nicht auf der Suche nach einer Beziehung war. Er hatte versucht sie zu einem Treffen zu überreden, aber sie wollte dem Mann keine falschen Hoffnungen machen.

Nicht, dass ein Treffen mit einem fremden, gewalttätigen Mann, der besessen von ihr war, eine Sache war, die sie unbedingt machen wollte.

„Ich weiß nicht..."

„Na ja... Es ist deine Entscheidung, aber ich würde mich freuen, wenn du mitkommen würdest." Tyler sah sie an. Seine blauen Augen, so blau wie das Meer, zogen sie zu sich. Das Ja wuchs in ihr gegen ihren Willen. Wenn sie jetzt den Mund öffnete, würde sie zustimmen, also hielt sie ihn.

Zu wissen, dass Jasmine den Herrscher der Drachen, der im Moment noch ein kleiner Junge war und dessen Identität nur ein paar Dutzend Leute kannten, versorgte, ließ ihre Sorge über

Xavier schrumpfen. Aber Xavier generell allein zu lassen, machte die Sache nicht besser. Sie kaute unsicher auf ihrer Unterlippe herum.

Xavier fuchtelte mit einer Hand in der Luft herum und Tyler legte seine Finger auf seine Handfläche. Sein Blick verließ ihr Gesicht nicht und seine Augen wurden weich. Ein Hauch eines Lächelns kam auf sein Gesicht.

„Du hast ihn noch nie mit einem Babysitter allein gelassen, oder?"

Er wusste also, weshalb sie zögerte. Bernie sog die Luft durch ihre Zähne und hielt sie für einen Moment, bevor sie den Kopf schüttelte. „Mehr als eine Etage waren wir nie voneinander entfernt. Mal von der Entführung abgesehen, natürlich. Und jetzt erwartest du, dass ich ihn mit jemandem allein lasse, den ich nicht einmal kenne. Wir werden ein paar Stunden weg sein, in einem Chalet in den Bergen. Was, wenn etwas passiert?"

„Dann fliege ich dich zurück. Es sind ein paar Stunden Fahrt mit einem Auto. Ich brauche dafür nur eine halbe Stunde."

Gut, ein weiterer Grund, warum sie Ja sagen konnte.

Tyler nahm ihre Hand - seine blauen Augen sahen sie immer noch intensiv an, aber sein Blick war sanft. „Hör zu. Wenn du nicht gehen möchtest, dann musst du nicht. Dann tue ich eben so, als wäre ich mit Polly dort. Oder sie mit mir, wie auch immer. Ich verstehe, dass du besorgt bist, Xavier zum ersten Mal allein zu lassen. Es ist ein großer Schritt. Wenn du kleiner anfangen willst, dann können Polly oder ich auf ihn aufpassen, während du, keine Ahnung, Lebensmittel einkaufst."

„Glamourös."

Tyler zuckte mit den Schultern. „Ich sage ja nur, es muss nicht jetzt sein. Aber irgendwann wirst du ihn auch mal bei anderen Leuten lassen müssen. Ich meine, du brauchst auch Zeit für dich. Und es wird viel einfacher sein, wenn du jemanden zu Hause hast, der aufpassen kann, während du unterwegs bist. Das könnte ein erster Testlauf sein."

Er war sehr überzeugend. Bernie musste zugeben, auch wenn es anfangs nicht schmeichelhaft war, war es doch schön zu sehen, wie sehr er wollte, dass sie mitkam. Bernie fuhr sich mit einer Hand durch ihr kurzes Haar und überlegte.

Es wäre schön, wenn sie Xavier bei jemandem lassen könnte, wenn sie einkaufen war oder so. Den Kindersitz jedes Mal mitzuschleppen, war nicht gerade leicht. Und sie würde ihn bei keinem Fremden lassen. Sie würde ihn stattdessen öfter bei seinem Vater lassen können.

Aber das würde nicht passieren. Sie und Tyler würden nicht zusammenkommen. Und selbst wenn doch... Wer sagte, dass es halten würde?

Ein Krampf machte sich in ihrem Magen breit und sie sah weg. Sie konnte nicht atmen.

„Bernie? Hey, geht es dir gut?"

Sie versuchte zu nicken, aber sie schüttelte am Ende ihren Kopf. „Ich habe nur gerade gemerkt, ... dass wir das mit dem Sorgerecht noch regeln müssen. Ich will dich nicht von Xavier fernhalten. Aber ich werde hier auch nicht für immer wohnen. Wir müssen also sehen, wie es funktionieren kann. Wo er wann leben soll."

Ihre Augen wurden feucht, als sie daran dachte, wie sich ihr Haus ohne ihr Baby anfühlen würde, auch wenn es nur ein paar Tage in der Woche wären. Wie schafften die Leute das? Getrennt zu leben und nicht in der Lage zu sein, ihre Babys die ganze Zeit zu sehen?

„Hey, darüber müssen wir uns jetzt keine Gedanken machen. Wir werden das schon alles herausfinden. Bedenke nur, dass ich hier nichts habe, was mich hält. Ich kann die Welt mit dir bereisen, wenn du deine Ausgrabungen hast, und ich kann auf Xavier aufpassen, während du im Dreck buddelst." Er legte eine Hand auf ihre Schulter. „Wir werden etwas arrangieren, was für uns beide funktioniert. Und du musst nicht mit zum Ball."

Bernie wischte sich die Augen und lächelte ihn zaghaft an. „Ich denke, ich würde gerne gehen. Wir könnten endlich einmal richtig reden."

Tyler schaute für einen Moment ernst, lächelte dann aber. Er bewegte sich so, als wollte er sie küssen und ihr Herzschlag setzte aus, aber er hielt inne. „Gut. Du hast ... zwei Stunden. Ich kann es kaum erwarten dich in dem Kleid zu sehen. Und Bernie? Es wird alles gut werden. Versprochen."

Kapitel ZEHN

Tyler

Tyler konnte ein Kichern nicht unterdrücken, als er den geschmeidigen Jaguar zu Gilberts Chalet fuhr. Die gesamte Fahrt über hatte Bernie geseufzt und sich über die weichen Sitze und kleinen Spielereien im Auto gefreut. Die schwüle Nacht hatte ihn dazu veranlasst, die Fenster herunterzufahren, und erst jetzt, als sie aus dem Auto stiegen und er die Schlüssel an den Parkservice gab, fing sie an, ihr Haar mit den Fingern zu kämmen.

„Es sieht schrecklich aus, nicht wahr?", fragte sie flüsternd.

Er konnte sehen, dass sie versuchte böse zu gucken, aber ihre Augen funkelten zu hell. Tyler reichte ihr seinen Arm – schließlich machten Freunde das so auf solchen schicken Partys – und ging hinein. Ihr Haar war leicht zerzaust, aber es stand ihr so gut. Diese wilden Locken passten so viel besser zu ihr als der ernste Pferdeschwanz, den sie so oft trug.

„Okay, jetzt wo wir hier sind, bin ich wirklich aufgeregt!" Sie drückte seinen Arm, während sie in das Chalet gingen. Er reichte der Security die Einladung und sie wurden hereingelassen.

„Es ist ganz nett, nicht wahr?"

Tyler sah sich um. Das hier ein ‚Chalet' zu nennen, war eine Fehlbezeichnung. Es bestand aus massivem Holz und hatte ein Dach, das definitiv vor Schnee und Eis schützte, aber es war bei weitem größer, als man vermuten würde. Dutzende Leute hatten hier ohne Probleme Platz, zusammen mit einer Live-Band. Der Ballsaal war bis zu den Dachbalken hin offen und zu beiden Seiten des Raumes führten Treppen auf den Dachboden.

Viele Male, wenn Tyler hier gewesen war, hatte er sich mit seinem Date nach oben in eines der Schlafzimmer geschlichen. Er fragte sich, wie Bernie in einem dieser riesigen Betten mit Baldachin aussehen würde. Er ließ zügig ihren Arm los und ergatterte zwei Gläser Champagner von einem vorbeikommenden Kellner.

Als er ihr ein Glas anbot, wurden ihre Augen groß. Sie sah sich um, bevor sie es nahm.

Tyler musste kichern. „Weißt du, es ist nichts dabei, ein Glas von seiner

Begleitung anzunehmen. Du musst nicht nervös sein."

„Ich werde mich hier blamieren. Ich hätte mich nicht von dir überreden lassen sollen." Bernie schluckte schwer und starrte auf das Glas in ihrer Hand. „Ich habe noch nie Champagner getrunken."

„Noch nie?" Er war überrascht. Er konnte es verstehen, wenn man sich mit dem teuren Zeugs nicht auskannte, aber es noch nie gekostet zu haben... Mit einem sanften Lächeln nahm er ihre freie Hand und drückte sie liebevoll. „Hey, keine Panik. Es ist gar nicht so gut, wie die Leute immer tun. Es ist nur eine Ausrede, um es unverschämt teuer zu machen. Ich halte es gerne in meiner Hand und gestikuliere, um meinen Kommentaren mehr Nachdruck zu verleihen. Aber mein Bruder muss ja ein ziemlicher Geizkragen sein, wenn er noch nie Champagner zu den Ausgrabungen gebracht hat."

„Oh, doch, das hat er. Aber ich war schwanger."

Richtig.

Tyler senkte seinen Kopf, auch wenn Bernies Worte keine Anschuldigung waren. „Nun ja… Da ich dich davon abgehalten habe, welchen zu trinken, freue ich mich, dass ich das jetzt mit dir teilen kann."

Sie schmatzte mit den Lippen, schüttelte aber den Kopf. „Nein, kann ich leider nicht. Ich stille."

„Aber das ist doch nicht –"

„Doch, ist es." Bernie seufzte. „Die Menge an Alkohol im Blut der Mutter ist die gleiche Menge in der Milch. Also, nein... Verdammt."

Sie riss die Augen auf und sah sich wieder erschrocken um, aber niemand schien es zu interessieren, was aus ihrem Mund kam. Als auch er sich umsah und in die Gesichter blickte, die meisten davon unbekannt, bemerkte er, dass viele Blicke seinem Date galten. Nicht Date. Wie auch immer. Männer und einige Frauen, von denen Tyler wusste, dass sie lesbisch waren, schauten genüsslich über Bernies Körper.

Das blau-silberne Meerjungfrauenkleid umarmte jede einzelne ihrer Kurven. Und sie hatte reichlich davon. Das Korsett, das auf der einen Seite schulterfrei war, hatte einen reizenden Ausschnitt. Es war mit blauen und silbernen Pailletten bedeckt und gab ihr diese schimmernde Erscheinung, ein wenig so, als wäre sie nicht von dieser Welt.

Er wollte sie eng an sich ziehen, damit jeder hier im Raum wusste, dass sie zu ihm gehörte. Aber sie war nicht seine Freundin und er musste Abstand halten. Sie wollte ihre gemeinsame Vergangenheit nicht noch einmal aufwärmen und er musste das respektieren.

Gilbert bahnte sich seinen Weg durch die Menge und begrüßte sie mit einem breiten Grinsen. Er küsste Bernie auf die Wange und strahlte sie an, während er einen Schritt zurück machte. „Du siehst umwerfend aus."

Bernies Gesicht wurde rot. „Danke."

Hatte er ihr gesagt, wie sie aussah? Tyler überlegte. Er hatte es mit Sicherheit gedacht, als er sie gesehen hatte. Aber hatte er es laut ausgesprochen? Oder hatte er sich so darauf konzentriert, nicht wie ein Idiot auszusehen, dass er kein Wort herausbekommen hatte? Es sollte nicht so schwer sein das zu wissen, aber in seinem Kopf herrschte gähnende Leere. Er versuchte sein Gesicht nicht zu verziehen, als Bernie Gilbert dankte.

Gil wandte sich dann ihm zu und gab ihm einen Klaps auf den Rücken. „Und was dich angeht, hier gibt es eine Menge Leute, die gerne deine Begleitung kennenlernen würden, also behalt sie nicht den ganzen Abend für dich, okay? Und wo wir gerade davon reden... Wo ist Polly? Ich dachte, sie würde mit euch kommen."

„In der letzten Minute kam noch was dazwischen. Aber sie sollte bald hier aufkreuzen."

Er bemerkte den niedergeschlagenen Ausdruck auf Gilberts Gesicht und lachte. „Weißt du, es wäre einfacher, wenn du ihr deine Liebe gestehst und sie heiratest, als sie nur aus der Ferne anzuschmachten."

„Richtig. Ihr einen Antrag zu machen klingt nach einer guten Idee, wo wir noch nicht einmal eine Verabredung hatten."

Diesmal lachte Bernie. „Vielleicht solltest du sie dann um eine bitten. Ich dachte, dass Tyler dich nur aufzieht, aber es hat dich wirklich erwischt, oder?"

Gilbert, der sonst so gelassen war, verspannte sich ein wenig. Er sah sich um und Bernie reichte ihm ihr Glas mit Champagner.

Tyler öffnete seinen Mund, um das zu kommentieren, aber die ganze Heiterkeit wurde von seinen Lippen gewischt, als er ein bekanntes Gesicht in der Menge sah. Sein Feuer loderte auf und er konnte ein Knurren nicht unterdrücken. Er schmeckte Rauch auf seiner Zunge. Bernies Gesichtsausdruck nach zu urteilen wirkte er gerade sehr beängstigend. Er wollte sich selbst beruhigen, aber Bill Johnson, der dämlich grinsend auf sie zukam, machte alles nur schlimmer.

„Was macht der hier?"

Gilbert sah rüber. „Der große Drache? Du weißt doch, wie Frau Smith ihre Drachenjungen liebt. Er ist ihre Begleitung. Aber er scheint bisher nur auf Verbindungsfeiern gewesen zu sein, so wie er sich benimmt."

Dieses Mal legte Tyler einen Arm um Bernie und genau im gleichen Moment schlang Frau Smith ihre Klauen um Bills Arm. Das verlangsamte ihn ein wenig, aber Tyler wollte Bernie packen und von hier wegbringen. Weit weg von diesem Tölpel und seiner Besessenheit.

„Warum hast du ihn reingelassen?", zischte Tyler. „Hast du ihn denn nicht erkannt? Er ist der Typ, der in der Nachbarschaft herumschleicht. Das ist Bill Johnson, der Typ, der Bernie *gekauft* hat und immer noch denkt, dass sie ihm gehört!"

Er musste herausgefunden haben, dass sie dort sein würden. Hatte er Polly und Bernie beim Kleiderkauf verfolgt? Der Kerl war schlimmer, als Tyler angenommen hatte. Das hier war ernst. Seine Instinkte schrien, dass er Bernie entweder schnappen und nach Hause bringen sollte oder aber zu Bill springen sollte, um ihm in sein dummes Gesicht zu schlagen. Nichts davon war eine gute Idee. Bill würde ihnen einfach folgen, wenn sie jetzt gingen. Und ihn zu schlagen? Nun, Gilbert müsste ihn danach rauswerfen lassen.

„Das ist Bill?" Bernie drängte sich ein wenig dichter an ihn. „Er ist größer, als ich angenommen habe."

„Groß und dumm."

„So eine Klischee-Kombination." Bernie schaffte es, ihn anzulächeln. „Er ist mit jemandem hier, vielleicht wird er keine Probleme machen. Entspann dich, Tyler. Ich habe unser Baby extra zu

Hause gelassen für diese Nacht. Lass so einen Typ sie nicht ruinieren, okay?"

Tyler drückte sanft ihre Hand. „Ich werde mit ihm reden."

Bernie machte aus Protest ein unterdrücktes Geräusch, aber Tyler ging schon davon. Er bahnte sich seinen Weg durch die Menge, bis er neben Bill stand. Er lächelte Frau Smith zu, bevor er Bill auf die Schulter klopfte.

„Wie ich sehe, hast du es endlich auf eine dieser kleinen Partys geschafft."

Bill knurrte.

Frau Smith fächelte sich zu, offenbar von der Situation höchst amüsiert. „Oh, werden wir hier etwa einen Kampf sehen? So viele Muskeln und Formwandler Testosteron? Wie ... interessant."

Tyler kämpfte gegen den Drang an, seine Augen zu rollen. Die alte Perverse wollte nur, dass sie sich verwandelten, ihre Kleidung zerrissen und sie sie nackt sehen konnte. Er dachte sich eine Entschuldigung aus und zog Bill auf die Seite. Sie würden Bernie den Abend nicht ruinieren. Aber Tyler würde auch nicht akzeptieren, dass Bill hier war und er nichts dagegen tun konnte.

„Was machst du –", begann er.

„Nur, weil du ein Kind mit Bernice hast, heißt es nicht, dass sie dir gehört."

Tyler versuchte gar nicht seinen finsteren Blick zu verbergen. „Und nur, weil du sie stalkst, heißt das nicht, dass sie zu dir gehört. Du weißt überhaupt nichts über sie. Noch nicht einmal, dass sie es hasst, wenn man sie *Bernice* nennt."

Bill öffnete seinen Mund, schloss ihn aber wieder. Seine Nasenflügel bebten. „Wir haben genug Zeit, um uns kennenzulernen. *Bernie* ist meine Partnerin und ich werde ihr das zeigen."

„Kumpel, das ist so unheimlich. Sie will nicht gewürgt werden."

Bill runzelte die Stirn. „Was?"

„Falls du das nicht verstehst, dann –" Nein, es machte keinen Sinn mit ihm zu diskutieren. Sein Blutdruck würde nur weiter ansteigen und er würde Bill so rasend machen, dass dieser ausholen und Bernies Abend ruinieren würde. „Geh einfach, Bill. Sie will nichts mit dir zu tun haben."

„Oh, stimmt, ich vertraue da total auf dein Wort."

„Sie hat es dir schon gesagt, als sie dich angerufen hat."

„Du warst doch genau daneben und hast ihr gesagt, was sie sagen soll. Ich bin nicht blöd, ich –"

„Ach, nicht?" Tyler ballte seine Hände zu Fäusten. „Ich warne dich, Johnson, wenn du nicht –"

Bernie war plötzlich da und drängte sich zwischen die beiden. „Es ist genug. Einige Frauen stehen vielleicht darauf, wenn Männer um sie kämpfen, aber ich gehöre nicht zu ihnen. Tyler, lass es gut sein. Ich kann das allein regeln. Und was Sie angeht, Herr Johnson, ich –"

„Tanz mit mir", unterbrach Bill.

„Nein."

Bill sah verletzt aus, ganz so, als hätte sie ihn geohrfeigt. „Bitte? Nur ein Tanz. Und wenn du dann willst, dass ich verschwinde, werde ich es tun und nie mehr zurückkommen."

Tyler rollte mit den Augen. Falls Bill dachte, dass Bernie –

„Na gut." Sie schüttelte ihren Kopf und seufzte. „Aber nur ein Tanz, okay? Und dann –"

„Du wirst es nicht bereuen." Bill nahm ihre Hand und zog sie auf die Tanzfläche.

Tyler öffnete seinen Mund und machte einen Schritt nach vorne, aber Gilbert stellte sich ihm in den Weg. Er drückte eine Hand gegen Tylers Brust und schüttelte seinen Kopf. „Lass sie das regeln. Vielleicht hört er tatsächlich auf sie."

„Vielleicht." *Zweifelhaft.*

Kapitel ELF

Bernie

„Ich kann es nicht fassen. Du bist tatsächlich hier, in meinen Armen."

Bill versuchte sie enger an sich zu drücken, aber Bernie hielt ihre Ellenbogen so, dass sie den Abstand halten konnte. Hätte sie gewusst, dass er sofort seine rosarote Brille tragen und sich an sie hängen würde, hätte sie die Bitte zum Tanz nicht akzeptiert. Dennoch lächelte sie ihn höflich an. Auch wenn sie wusste, dass das der Anfang von etwas war, das sie bereuen würde, waren Höflichkeit und Ruhe zu sehr in ihr verwurzelt. Sie wollte unter keinen Umständen sein Temperament herausfordern.

Tyler ist nicht so, dachte sie, während sie tanzten. *Bei ihm habe ich keine Angst vor Wutausbrüchen und Gewalt. So wie ich es bei meinem Vater immer hatte und auch bei meinen anderen Freunden.*

„Von der ersten Sekunde an, als ich dich auf dieser Auktionsseite gesehen habe, wusste ich, dass du meine Partnerin bist. Deshalb habe ich so hoch für dich geboten. Ich wusste, dass ich jeden auseinanderreißen würde, der Hand an dich legt –"

„Dir ist schon bewusst, dass ich dazu gezwungen wurde, oder? Auch, dass die Leute, die mich ‚verkauft' hatten, das Geld behalten hätten und dass, wenn ich versuchte hätte zu fliehen, sie mich und mein Baby umgebracht hätten?"

Bill öffnete seinen Mund, schloss ihn aber wortlos wieder. Scham funkelte in seinen Augen, aber er zuckte dann mit den Schultern. „Ich wusste das nicht", sagte er, als wäre er somit völlig schuldfrei. „Und hätte ich es gewusst, hätte ich sie gejagt. Ich hätte sie dafür bezahlen lassen, dir so etwas anzutun, Liebes. Du verdienst es auf Händen getragen und beschenkt zu werden – nicht weniger."

Unheimlich! Der wollüstige Blick in seinen Augen ließ sie zittern. Bill hatte nicht den gleichen Effekt auf sie. „Sieh mal, ich –"

„Ich hätte den Laden niedergebrannt. Ich hätte jeden darin abgeschlachtet, außer dich."

Er zog sie wieder an sich. Diesmal knickten ihre Ellenbogen und sie schrie vor Schmerz auf. Er schien nicht bemerkt zu haben, dass er ihr gerade wehgetan hatte und seine Hand lief weiter ihren Rücken entlang nach unten. Sie griff danach und legte sie wieder auf ihren oberen Rücken. Ein Teil von ihr wollte sich umsehen, um Tyler zu finden und ihn anzuflehen, ihr zu helfen, aber sie konnte ihre Augen nicht von Bill nehmen, aus Angst, er würde irgendeinen Körperteil von ihr küssen, wenn sie nicht aufpasste.

„Du hättest alle abgeschlachtet?"

„Ja. Ich hätte dich gerettet und –"

„Und offenbar all die anderen Frauen getötet, die dort festgehalten wurden. Sieh mal, ich verstehe nicht viel von der Drachenkultur, aber wenn ich eines sicher weiß, dann ist es die Tatsache, dass wahre Liebe nicht damit anfängt eine Frau zu kaufen. Und das gilt sowohl für Menschen als auch für

Drachen gleichermaßen." Wie viel würde sie sich trauen zu sagen? „Ich bin dankbar, dass du mich gerettet hättest, hättest du meine Situation gekannt. Aber ich denke, dass du und ich –"

Wieder unterbrach Bill sie. „Nicht. Wir haben noch etwas vom Tanz."

Das Lied endete und ein neuer Titel wurde angespielt.

„Das Lied ist zu Ende –"

„Aber wir tanzen doch noch. Ich weiß nicht, was Freeman über mich erzählt hat, aber das stimmt nicht. Er ist einfach nur ein eifersüchtiges Muttersöhnchen. Als ich dich gesehen habe, wusste ich es. Du bist für mich bestimmt, Bernice. *Bernie.*" Bill verzog das Gesicht. „Bernie ist ein Name für Jungs. Ich nenne dich nicht gerne so."

„Ich mag es nicht, wenn man mich Bernice nennt."

„Du wirst es schon mögen, wenn ich dich so –"

„Nein." Bernie befreite sich mit ihren Ellenbogen aus seinem Griff. „Nein, werde ich nicht. Es tut mir leid, wenn ich dich damit kränke, aber du bist nicht mein Partner."

Bill hörte auf, sich auf der Stelle hin und her zu wippen, was er wohl als tanzen ansah. Für einen langen Moment starrte er sie einfach nur an. Dann glänzten seine Augen und er zog die Lippen zurück. „Du bist meine Gefährtin. Freeman hat dich vielleicht einer Gehirnwäsche unterzogen, aber keine Sorge. Du und ich, wir gehören zusammen und ich werde dir das zeigen."

Er packte sie an den Handgelenken und zog sie trotz Proteste ihrerseits zu sich. Er machte Anstalten sie zu küssen. Bernie reagierte mit bloßem Instinkt. Bevor sie überhaupt merkte, was sie tat, schrie sie Bill aus vollem Halse ins Gesicht.

Der Drache sprang und wich zurück. Bernie befreite sich von ihm und taumelte zurück. Alle im Saal starrten sie an. Sie war peinlich berührt und irgendwie schämte sie sich auch. Tränen liefen über ihre Wange und ihre Augen brannten. Bill wich von ihr zurück, sein Kiefer hing offen und seine Augen waren vor Schock geweitet. Ein paar Leute stellten sich zwischen die beiden.

Eine Hand berührte sie an der Schulter und sie zuckte zusammen, bevor sie sah, dass es Tyler war. Dann lehnte sie sich in seine Arme und er führte sie davon.

„Bernice!", schrie Bill über die Menge hinweg.

Aber Bernie blickte nicht zurück.

***

Als sie zurück in der Villa Freeman angekommen waren, waren ihre Tränen bereits getrocknet. Bernie war sich nicht ganz sicher, was sie tun sollte, während Tyler den Babysitter bezahlte. Xavier schlief und so sehr Bernie ihn auch halten wollte, entschied sie sich dagegen, um ihn nicht zu wecken. Sie zog sich um und ließ ihr Kleid auf dem Stuhl zurück. Sie hätte einem Tanz mit Bill niemals zustimmen sollen. Sie dachte, dass es das Vernünftigste sein würde, um ihm klarzumachen, was Sache war. Doch stattdessen hatte ihre

Angst vor Wutausbrüchen sie wieder eingeholt.

„Danke", sagte sie, als sie Tyler in der Küche fand. „Ich schätze, heute war ich ein echtes Fräulein in Not."

Tyler schüttelte seinen Kopf. „Mach dir keine Gedanken. Bill ist ein Idiot."

„Ja. Ich weiß nicht, was an mir immer diese besitzergreifenden Typen anzieht. Ich hätte lieber einen Typen, der mir die Freiheit gibt, zu tun was ich will, mich aber, falls ich mal wieder die Situation falsch eingeschätzt habe, rettet. So wie du."

Mist. Das hätte sie nicht sagen sollen.

Tyler lächelte sie nur leicht und verkrampft an. „Wir sahen heute wirklich heiß zusammen aus, oder? Und ich meine nicht nur optisch. Die Intensität zwischen uns... Es war manchmal schwierig, damit fertig zu werden."

Ein Echo davon breitete sich in ihrer Körpermitte aus, jetzt, wo sie daran erinnert wurde. Sie hielt für einen Moment die Luft an. Die Erinnerungen kamen zurück. Im Wald, im Jeep, über den Tisch im Lager gebeugt. Manchmal hatten sie es wie die Tiere einfach nur stundenlang im Hotelzimmer getrieben. An anderen Tagen hatten sie sich die Klamotten vom Körper gerissen und einfach nur zusammen, nackt, Haut an Haut, gelegen und sich über belangloses Zeug wie Bücher und Filme unterhalten.

Beide Arten von Erinnerungen taten ihr weh. Der explosive Sex und die ruhigen, intimen Momente. Es war mit nichts zu vergleichen, was sie gekannt hatte.

Sie seufzte und schüttelte ihren Kopf. „Ich bin nicht gerade gut darin, dich nur als einen Freund zu sehen. Vielleicht ist es unmöglich."

Tyler nahm ihre Hand und es fühlte sich an, als hätten sie beide einen Stromschlag bekommen. Bernie keuchte. Wie hatte sie das nur vergessen können? Die Intensität seiner Berührung hatte sie immer geschockt. Vielleicht hatte sie trotz Baby nicht weniger Verlangen. Das bedeutete, dass die Dinge wieder zu einem leidenschaftlichen Gestöhne führen konnten.

„Was wollen wir deswegen unternehmen?" Seine Stimme war rauchig.

„Na ja... Nach dem Vorfall mit Bill..." Sie wünschte, sie hätte immer noch das Kleid an und würde nicht diese alte Jogginghose tragen. „Ich würde mich gerne wieder weiblich fühlen."

„Ich werde dir helfen." Tylers grinste jetzt breit. „Dafür sind Freunde doch da."

Er verschwendete keine weitere Sekunde. Sein Mund lag auf ihrem. Die Hitze im Inneren flatterte auf, als er seine Hände auf ihren Po legte und sie an sich presste. Wie sehr hatte sie das Gefühl von seinen Muskeln an ihrer Brust vermisst. Oder seine starken Finger, die sich sehnsüchtig in ihr Fleisch gruben, seine Zunge in ihrem Mund. Ihre Haut kribbelte und sie nahm sich nicht zurück, als sie ihre Hände um seinen Hals schlang.

Tyler lehnte sie gegen den Küchentresen und seine Hüfte rollte gegen ihre. Feuer brüllte durch ihre Adern, als wäre sie und nicht er der Drache. Hastig öffnete sie die Knöpfe an seinem Hemd und fuhr mit ihren Fingern über seine glatte Haut. Seine Haut glühte förmlich und als er sie wieder küsste, schmeckte sie Rauch auf seiner Zunge. Das zeigte ihr immer, wie heiß er auf sie war. Fast noch mehr als die Beule in seiner Hose.

„Du hast wohl die ganze Nacht schmutzige Gedanken gehabt, wenn du jetzt schon so bereit bist." Sie massierte ihn durch die Kleidung hinweg, ihre Atmung nur ein Hauchen. Sie hatte vergessen, wie groß er war. „Schmutzige, schmutzige Gedanken."

„Nur über dich."

„Als eine Freundin, natürlich."

Tyler kicherte, während er ihr das Shirt über den Kopf zog. Ihre Brüste waren leicht geschwollen, aber nicht zu sehr. Das bedeutete wohl, dass sie nicht mehr so viel Milch für Xavier hatte, aber darüber würde sie jetzt nicht nachdenken. Es waren sexy Gedanken angesagt. Zum Beispiel, wie Tylers Brust geformt war. Sie fuhr mit der Hand darüber und stöhnte.

„Wow. Du bist unbeschreiblich. Bist du dir sicher, dass du kein Gott bist?" Sie hob eine Augenbraue. „All diese Muskeln und Sehnen."

„Ich bin ein Gott." Tyler zog ihre Hose runter, bevor er ihr half, aus ihnen zu steigen. „Ich bin der Gott, der dich aufheitert. Ein Gott nur für dich und deinen Körper. Du bist die Einzige, die jemals meine Göttlichkeit sehen wird und –"

„Und diese ‚Göttlichkeit' sticht mir gerade in den Bauch." Bernie kicherte über ihren eigenen Witz. Sie war atemlos, hungrig und ihr Gesicht war zu heiß, aber es war ihr egal. „Ich werde etwas an deinem Altar opfern müssen. Gott, der mich aufheitert, ich bitte um deinen Segen."

Tyler stöhnte. Er senkte seine Lippen zu ihrem Hals und verpasste ihr eine Gänsehaut am ganzen Körper. Er stöhnte wieder und rieb seinen Körper an ihrem. Er hob ihr Bein so hoch, dass er sie mit seinen Fingern berühren konnte. Sie keuchte und sie spannte sich an. Sie schob sich selbst auf die Zehenspitzen, um sich gegen Tylers Hand zu reiben und ihm besseren Zugang zu geben.

Ihre Finger gruben sich in seine Schultern und er brachte sie in nur wenigen Momenten zum Zittern. Tyler hob sie auf den Tresen. Mit einem tiefen, harten Kuss drang er in sie ein. Nur ein paar Zentimeter, dann mehr. Es war ein quälend langsamer Prozess, aber es stellte sicher, dass sie bereit für ihn war.

Wahrscheinlich war es ein Jahr puren Verlangens, was jetzt auf sie einkrachte. Vielleicht waren es noch übriggebliebene Schwangerschaftshormone. Doch obwohl sie die Hitze und Enge in sich spürte, war es nicht das gleiche explosionsartige Gefühl wie vor der Geburt. Sie hielt Tyler fest und sah wie sein Gesicht rot wurde, weil er sich zurückhielt. Sie schrie bei jedem Stoß, aber sie sah die Frustration in seinen Augen.

Er zog sich zurück und nahm seinen Daumen zur Hilfe. Das half und sie lehnte sich zurück auf ihre Ellenbogen. Ihre Augen fielen zu, als der Orgasmus durch sie hinwegrauschte wie Wellen in einer Badewanne. Nicht der Ozean, wie sie es gewohnt war.

Tyler kam ein paar Augenblicke später. Er fiel auf sie und küsste ihre nackte Haut, bevor er stöhnte: „Es tut mir leid."

Kapitel ZWÖLF

Tyler

„Es tut dir leid?"

Tyler drückte sein Gesicht in Bernies Haut, zu beschämt, um sie anzusehen. Er hatte vorher noch nie so... *versagt*. Ja gut, sie hatte einen Orgasmus gehabt, aber er war doch sehr zahm gewesen. Er war noch niemals so unkontrolliert gewesen, um seiner Partnerin etwas Aufregendes zu geben. Zumindest nicht, seit er seine Erfahrungen gesammelt hatte. Und jetzt, wo es darauf ankam...

Bernie fuhr mit ihren Fingern durch sein Haar. „Tyler, es war wirklich nett."

„Nur nett."

Mit einem Seufzer hob sie seinen Kopf an. „Nett. Schonend für das erste Mal wieder im Sattel. Ich bin mir nicht sicher, ob ich mehr hätte ertragen können. Ich habe ein Baby bekommen. Es ist zwar alles verheilt, aber noch nicht ganz ...normal. Von meinen durcheinandergebrachten Hormonen ganz zu schweigen. Viele Frauen wollen zu diesem Zeitpunkt keinen Sex. Also gib dir nicht die Schuld an etwas, was mein Körper tut. Und tu nicht so, als wäre es nicht gut genug gewesen." Sie kniff die Augen zusammen. „Ich weiß, du hast ein großes Ego und so, aber es hat mir gefallen."

Der Knoten in seiner Brust löste sich. „Ich schätze, ich habe mich selbst unter zu viel Druck gesetzt."

„Ganz genau." Bernie grinste. „Hast du schon einmal von multiplen Orgasmen gehört?"

Mit einem Grinsen nahm er sie in seine Arme und trug sie wie eine Braut zu seinem Zimmer. Dort hatten sie ein paar Stunden lang wieder Sex, bevor sie beide erschöpft zusammenbrachen. Es wurde immer besser, auch wenn sie das explosive Level, welches sie vor Xavier gehabt hatte, nicht verspürte.

Bernie legte ihren Kopf auf seinen Arm und verfolgte mit ihren Fingern sein Tattoo auf der Brust. „Drachen heilen wirklich schnell, oder?"

„Ja."

„Also haben diese hier mehr oder weniger wehgetan als für einen Menschen?"

„Das weiß ich nicht. Ich war noch nie ein Mensch."

Bernie lachte. Es wärmte seine Brust und es lag nicht nur an den Endorphinen, die ohne Zweifel in seinem Gehirn herumschwirrten. Das Gewicht und die Anspannung der letzten Wochen schienen von ihnen beiden abzufallen. Erst jetzt bemerkte er, wie belastend es alles gewesen war und er war dankbar, dass sie davon befreit waren. Er gähnte und rieb seine Nase gegen ihre Wange.

„Sie brauchen auf jeden Fall doppelt so lange, um ein Tattoo auf einen Drachen zu bekommen. Und ja, es schmerzt. Aber ich mag Tattoos. Ich mag, wie sie auf meiner Haut aussehen."

Sie summte. „Ich mag sie auch. Nicht an mir, weil ich einfach nichts

Permanentes an meinem Körper möchte, aber an anderen. Ich liebe dieses hier. Es ist neu."

Ihre Finger strichen über den kleinen blauen Drachen neben seinem Herzen. Tyler nahm ihre Hand in seine. „Viele Typen im Club haben dieses hier zusammen gemacht. Ich hätte etwas Subtileres gewählt, aber die Mehrheit fand es gut, also habe ich zugestimmt."

„Dein Motorradclub. Du musst mich mit zu deinem Clubhaus mitnehmen, um mich deinen Freunden vorzustellen – als eine Freundin, natürlich."

„Als eine Freundin", wiederholte er. Er konnte nicht sagen, ob sie scherzte oder nicht. „Ja, kann ich machen. Weißt du, ein Leben eines Drachen ohne Klan kann ... einsam sein. Deshalb bin ich da überhaupt beigetreten. Shane und meine Mutter sind toll, versteh mich nicht falsch, aber ich brauche Freunde. Freunde, die wie ich sind. Und ja sicher, es gibt auch Idioten wie Bill, aber dennoch ist es... Es ist gut."

Bernie machte ein brummendes Geräusch in ihrem Hals. „Ich schätze, man könnte sagen, dass die Ausgrabungen auch so etwas wie ein Club sind. Es gibt Leute, die wiederkommen, aber es kommen auch immer neue dazu. Und wir haben alle etwas gemeinsam. Ich denke manchmal, dass sie der Ersatz für meine Familie sind. Ist das verrückt?"

„Ich weiß nicht..." Tyler runzelte die Stirn. „Ich weiß nichts über deine Familie. Außer das über deinen Vater... Wir haben nie über Familie geredet."

Sie zuckte zusammen und er wünschte sich, er hätte nichts gesagt. Ihre Hand zitterte auf seiner Brust. Tyler hielt die Luft an, denn er rechnete damit, dass sie jetzt gehen würde. Aber sie seufzte nur und entspannte sich wieder. Sie schüttelte lange mit dem Kopf.

„Wir haben nie darüber geredet."

„Möchtest du jetzt darüber reden?"

Bernie sah zu ihm auf. Ihre Nase war so gekräuselt wie immer, wenn sie scharf nachdachte. Ihre Lippen waren für einen Moment geschürzt und er war in Versuchung, sie zu küssen und diese Unterhaltung zu stoppen. Sie rollte sich auf den Bauch und platzierte ein Kissen unter ihrer Brust. Sie legte ihr Kinn und ihre Hände darauf ab und nickte. Ihre Augen wirkten kalt.

„Wir sind jetzt miteinander verbunden und irgendwann würdest du sie wahrscheinlich auch treffen. Also ist es besser, wenn ich dir von ihnen erzähle. Mein Vater …war grausam. Er hatte ein schreckliches Gemüt. Es wurde alles besser, als er uns verlassen hatte, aber er kam immer wieder zurück und warf uns aus der Bahn. Meine Mutter… Sie konnte nie wirklich loslassen. Sie hatte ihm alles gegeben, ihn angebettelt, sie nicht zu verlassen. Es war erbärmlich gewesen. Und jetzt habe ich so gut wie keinen Kontakt zu ihr oder meinen Geschwistern. Ich schätze, wir kümmern uns mehr um unsere eigenen Probleme. Wenn wir zusammen sind, ist alles so negativ. Sie denken, ich bin bescheuert, weil ich Xavier behalte."

Tyler widerstand dem Drang, seine Zähne zu fletschen. „Deshalb fällt es dir so schwer zu entscheiden, wo du arbeiten möchtest."

Bernie nickte. „Sie haben es deutlich gemacht, dass sie mir nicht helfen werden. Nicht mit direkten Worten, aber es war offensichtlich."

„Und dein Vater?"

„Ich habe versucht ihn aus meinem Leben zu verbannen, aber er schafft es immer wieder zurückzukommen. Er taucht immer auf, wenn er was braucht. Zum Beispiel, um meinen Körper zu verkaufen, um seine Schulden zu bezahlen."

Sein Feuer brodelte. Seine Hände ballten sich zu Fäusten. Rauch stieg aus seiner Nase. Als Bernie eine Augenbraue hob, wandte er sein Gesicht ab und schluckte seinen Zorn hinunter.

„Entschuldige", brummte er. „Ich wollte nicht sauer werden. Es ist nur… Ich verstehe nicht, wie jemand so sein kann wie ein Parasit und so egoistisch und psychopathisch. Ich verspreche dir, dass ich mich niemals so verhalten werde. Xavier kann sich immer auf mich verlassen. Und du auch. Für alles, was du brauchst. Ich werde dir immer helfen. Und ich weiß, dass die ganze Jobsache dich wahnsinnig macht, aber –"

„Warte mal." Bernie runzelte die Stirn. „Wieso weißt du davon? Ich habe dir nichts davon erzählt."

„Oh… na ja, ich meine, mein Bruder ist dein Chef." Tyler zuckte entschuldigend mit den Schultern. Er wollte ihr die Zeit lassen, es ihm von selbst zu erzählen. Oder, falls sie es nie getan hätte, ihr still und heimlich Hilfe anbieten, ohne dass sie wusste, was er tat. „Kayla macht sich Sorgen, dass du nicht wiederkommst wegen des Finanziellen und so. Also … ja. Ich habe es so verstanden, dass du Probleme hast."

Bernie schüttelte ihren Kopf, lächelte aber. „Ich wollte es dir sagen. Aber ich will nicht, dass du denkst, du wärst dazu verpflichtet."

„Xavier ist mein Sohn. Natürlich bin ich verpflichtet, ihm zu helfen. Und auch, dass ich dich unterstütze, Bernie. Du bist seine Mutter. Ich will nicht, dass du total gestresst darüber bist, wie du für ihn sorgen sollst. Ich bin hier und ich helfe, wo ich kann."

Sie drehte sich weg und er wusste, dass sie versuchte ihre Tränen zu verbergen. Er streichelte ihr Haar. Es tat ihm weh, sie weinen zu sehen, aber er wusste, dass es nicht immer schlimm war. So wie jetzt. Zumindest hoffte er das. Nach einem Moment küsste er ihre nackte Schulter und redete weiter.

„Möchtest du zurück zu den Ausgrabungen?"

„Ja."

„Und was hält dich davon ab?"

Bernie schniefte. „Ich kann mich nicht auf die Arbeit und auf das Baby konzentrieren. Also werde ich am Ende nur den Papierkram machen. Ich kann mir einen Babysitter nicht leisten, um bei den Ausgrabungen zu sein. Und ein anderer Job … könnte mir finanzielle

Stabilität geben, ich könnte etwas sparen."

„Würde es dir helfen, wenn jemand auf Xavier aufpasst, wenn du arbeitest? Jemand, den du nicht bezahlen musst?"

Sie sah ihm in die Augen.

Tyler grinste sie an. „Das passt doch dann auch zu den Vereinbarungen zum Sorgerecht. Ich habe ihn am Tag, wenn du arbeitest und du kannst ihn am Wochenende haben. Wir können uns abwechseln, wer ihn über Nacht bekommt oder wir nehmen uns ein Doppelhaus, damit wir näher zusammen sind oder so."

„Das würdest du tun?"

„Natürlich."

Bernie grinste. Sie warf ihre Arme um ihn und küsste ihn geräuschvoll. Als sie auf ihn kletterte und ihn gegen die Matratze drückte, konnte er nicht anders, als zu denken, dass es eine bessere Lösung für das Problem gab. Leider konnte er nicht davon ausgehen, dass Sex bedeutete, sie würden wieder zusammenkommen. Und falls doch, wussten sie nicht, ob es überhaupt funktionieren würde.

Nein. Sie waren nur Freunde. Das war das Beste. Ab morgen.

Kapitel DREIZEHN

Bernie

„Hattet ihr letzte Nacht Spaß?"

Als plötzlich Pollys Stimme erklang, sprang Bernie auf. Sie war im Wohnzimmer und versuchte Xavier zu stillen, leider ohne viel Erfolg. Er wollte lieber die Flasche. Es war ein wenig frustrierend, aber so lange sie noch abpumpen konnte, würde er ohnehin alle Nährstoffe von der Muttermilch bekommen.

Sie bedeckte sich schnell, als Polly ins Zimmer kam. Ihre Wangen fühlten sich heiß an. „Spaß?"

„Auf dem Benefizball. Ich konnte leider doch nicht gehen. Notfall in der Familie. Ich hoffe, Gilbert war nicht allzu enttäuscht."

„Äh..." Xavier biss sie und sie schrie auf. Auch wenn er noch keine Zähne hatte, tat es weh! Sie zog ihn weg und richtete ihre Kleidung erneut zurecht. Xavier begann sofort zu meckern und strampelte mit seinen Beinchen, bis Bernie die Flasche nahm, die jetzt auf die richtige Temperatur runtergekühlt war. Sie schüttelte ihren Kopf, während Xavier zu trinken begann. „Was hattest du gefragt?"

Polly setzte sich neben sie. „Wurde ich von Gilbert vermisst?"

„Wir sind relativ schnell wieder abgehauen." Bernie hätte ihr beinahe erzählt, was passiert war, aber sie biss sich auf die Zunge. Stattdessen grinste sie Polly an. „Also, du und Gilbert, ja? Wann steigt die Hochzeit?"

Polly senkte ihren Kopf. „Ich weiß nicht, wovon du redest."

„Kurz nachdem wir angekommen waren, hat er nach dir gefragt. Und jetzt kommst du und fragst auch als Erstes nach ihm. Komm schon, Polly. Es ist offensichtlich, dass ihr ineinander vernarrt seid."

„Niemand ist hier vernarrt!" Pollys Stimme war auf einmal eine Oktave höher als sonst. „Wir sind nur Freunde. Und zuerst habe ich dich gefragt, ob ihr Spaß hattet. Also... Abgesehen davon, dass du und Tyler nicht die Augen voneinander lassen könnt und trotzdem alles abstreitet –"

Bernies Gesicht nahm die Farbe an, die man sonst nur bei reifen Tomaten sah, und senkte ihren Kopf.

Polly schnappte nach Luft. „Nein!"

„Was nein?"

„Nein!" Und wieder diese hohe Stimme, doch diesmal klang sie aufgeregt. „Ihr habt letzte Nacht miteinander geschlafen, nicht wahr?"

Bernie konnte nicht anders, als zu grinsen. „Wie der Deckel auf den Topf."

„Was – ach, egal. Ooh!" Polly klatschte die Hände zusammen. „Also seid ihr zwei wieder zusammen? Höre ich da etwa die Hochzeitsglocken läuten? Nein, ihr geht es wahrscheinlich langsam an. Seid vorsichtig. Ihr solltet euch sicher sein, dass es auf lange Sicht klappt, bevor ihr es kompliziert macht. Oder?"

Bernie kaute auf ihrer Lippe herum.

„Oh… ihr seid nicht wieder zusammen."

„Ich weiß nicht, was wir machen. Es ist kompliziert. Ich habe ihm lange nachgeweint, als er damals einfach verschwunden ist. Aber ich bin ja auch an der Funkstille schuld. Vielleicht sogar mehr als er. Er hat mir seine Nummer dagelassen und ich habe ihn nie angerufen. Ich habe ihm erst gesagt, dass er Vater ist, als er gefragt hat. Wirklich, er ist viel besser zu mir, als ich es verdiene…" Bernie seufzte unglücklich. Ihre Augenbrauen waren zusammengezogen und sie schüttelte ihren Kopf, in der Hoffnung, ihre Gedanken ordnen zu können. „Ich schätze, ich –"

„Du musst mit ihm reden. Geh und rede mit ihm. Nimm das Baby mit. Er vergöttert Xavier. Rede einfach mit ihm. Leg die Karten auf den Tisch. Er sitzt im gleichen Boot wie du, weißt du."

Natürlich hatte sie recht. Bernie nutzte die Ausrede, dass sie Xavier noch füttern musste und wartete, bis Polly mit ihrer Arbeit anfing. Ihr Herz hämmerte in ihrer Brust, als sie mit dem Baby nach oben ging. Was sollte sie sagen? Dass sie nicht nur mit ihm befreundet sein wollte, dass sie mit ihm Tag und Nacht zusammen sein wollte, um ihn zu lieben? Dass jetzt, wo sie ihn besser kannte, sie ihn noch mehr bewunderte und mochte? Dass die emotionale Verbindung, die sie hatten, nicht abgestritten werden konnte?

Oder vielleicht sollte sie es ganz einfach halten. Sie sollten es als Paar probieren.

Als sie anklopfte und um Einlass bat, lag er noch immer im Bett. Er hatte ein Buch in seiner Hand und er grinste sie träge an, als sie zu ihm kam.

„Hat der kleine Mann etwa eine schmutzige Windel, die Papa wechseln soll?" Er streckte seine Hände nach Xavier aus.

„Nein. Mama muss mit Papa reden." Bernie setzte sich neben ihn und kaute auf ihrer Lippe herum.

Tyler nahm das Baby und kuschelte es an seine Brust. „Was ist los?"

„Oh... Na ja. Ich schätze, ich muss einfach ein paar Sachen loswerden."

Tyler nickte.

„Zuallererst... Ich muss dir sagen, dass ich dich angelogen habe. Ich habe deine Nummer nicht verloren. Ich habe gedacht, dass es erbärmlich wäre dich anzurufen und ich wollte nicht eine dieser Frauen sein, die Männern hinterherläuft und sie anbettelt, sie zu lieben. Ich habe da eher meine Mutter und meinen Vater gesehen als dich und mich."

„Du hattest Angst verletzt zu werden."

Bernie sah weg. „Ja. Mag sein."

„Na ja. Ironischerweise bin ich deswegen abgehauen. Die Verbindung zwischen uns wurde sehr schnell sehr intensiv. Ich dachte, dass ich mich so verhalte wie immer und dich dann verletze. Ich habe eine Menge Herzen gebrochen, Bernie. Ich bin nicht stolz darauf. Wenn ich so darüber nachdenke, ekle ich mich vor mir selbst."

„Du bist abgehauen, weil du Angst hattest, mich zu verletzen?" Bernies Augen wurden schmal. Sie wusste, dass es keinen Grund gab ihm nicht zu vertrauen, aber es klang so abgedroschen wie das, was sie sonst immer zu hören bekam. Sie wusste nicht, ob sie es hinnehmen konnte.

Als könnte er ihre Zweifel spüren, lächelte Tyler sie wieder an. „Ja. Ich hatte Angst dich zu verletzen. Aber auf der anderen Seite hatte ich Angst, selbst verletzt zu werden. Ich habe mich oft verliebt und schnell wieder entliebt... Ich habe damals noch nicht gespürt, dass das hier echt ist."

Die Luft wich aus ihren Lungen. Wollte er damit sagen, dass er sie liebte? Nein, das konnte nicht sein. Zumindest noch nicht. Hitze stieg auf ihre Wangen und sie sah weg, unsicher, wie sie von hier fortfahren sollten. Tylers Blick ruhte auf ihrem Gesicht. Sollte sie sagen, dass sie ihn auch liebte?

Wenn sie denn tatsächlich Liebe empfand?

„Bist du dir sicher, dass es ... Liebe ist? Ich meine, in der Drachenkultur ist doch der erste Sexualpartner der wahre Partner. Wir haben ein Kind zusammen. Bist du dir sicher, dass es nicht nur Lust ist? Dass du dir selbst nicht nur einreden musst, dass es Liebe ist, um keine Schande auf dich und deine Kultur zu bringen?"

Tyler sah weg und zuckte mit den Schultern. „An diesem Punkt war ich schon. Das erste Mädchen... Nun, ich hatte mich selbst davon überzeugt, dass ich sie liebte, obwohl ich sie nicht einmal wirklich mochte. Aber sie war heiß und verführerisch und sie wusste, was sie von mir wollte. Und ich sage nicht, dass es nicht meine Schuld ist, dass ich die Herzen dieser Frauen gebrochen habe. Aber ich habe immer versucht mich davon zu überzeugen, dass es Liebe ist. Also vielleicht hast du recht. Aber ich denke nicht. Du bist ... die tollste Frau."

„Ich war noch nie verliebt." Sie wich zurück und vergrößerte die ohnehin schon entstandene Distanz. „Oder ich habe nie geglaubt, dass ich es war. Ich weiß nicht, ob ich nicht einfach komisch bin. Ich weiß nicht, ob ich so etwas wie romantische Liebe empfinden kann."

Tyler nickte langsam.

„Aber..." Sie rückte wieder vorwärts. Ihr Herz schlug ihr bis zum

Hals und ihr Mund war trocken. „Falls ich mich in jemanden verlieben könnte, dann wärst du es. Ich habe Angst, Tyler. Ich habe Angst, verletzt zu werden und ich habe Angst, Xavier zu verletzen, indem ich falsche Entscheidungen treffe."

„Das verstehe ich."

Sie schloss die Augen. Er verstand es nicht. Nicht, wenn sie es nicht einmal selbst verstehen konnte. „Ich möchte es riskieren. Ich möchte mich in dich verlieben. Ich weiß, dass du mir niemals absichtlich weh tun würdest."

„Aber Schmerz gehört zum Leben dazu und es tut am meisten weh von Leuten, die dich nicht verletzen wollen."

Er verstand es also doch. Bevor sie wusste, was geschah, küsste sie ihn. Ihre Augen flatterten zu, als die Freude ihren

Körper flutete. Doch als Xavier ihr ins Gesicht trat, wurde ihr bewusst, dass er auch da war. Sie zog sich zurück und rieb sich die Wange. Sie starrte ihr Baby an, welches sie mit einem zahnlosen Mund angrinste.

„Glaubst du, das ist ein Zeichen?"

„Ein Zeichen, dass wir zusammenziehen sollten?"

Bernie sprang auf. Es ging offensichtlich alles zu schnell! „Wir leben doch quasi schon zusammen."

Tyler nahm ihre Hand. „Ich meine es ernst. Zieh hier ein. Für immer. Oder ich ziehe bei dir ein. Ich möchte keinen Tag mehr verschwenden, während wir uns über alles Gedanken machen. Ich meine, wir werden ohnehin viel miteinander zu tun haben – durch das

Sorgerecht, nicht wahr? Und so können wir beide Zeit mit Xavier verbringen."

Das war ein gutes Argument. Aber Bernie war sich immer noch unsicher. Für so eine Verbindlichkeit war sie noch nicht bereit. Er musste den Schmerz in ihren Augen gesehen haben, denn er ließ ihre Hand los.

„Überleg es dir bitte."

„Ich werde es mir überlegen", versprach sie. „Aber wir sind noch nicht einmal auf einem richtigen Date gewesen..."

„Dann lass mich dich heute Abend ausführen. Wenn du es möchtest." Sein Grinsen war ansteckend. „Wir werden das alles gemeinsam herausfinden. Hey, mir fällt gerade ein, dass ich vielleicht der Hausmann sein sollte. Was sagst du dazu?"

Es klang wunderbar. Aber sie konnte das nicht sagen. Also lachte sie darüber, als wäre es ein Witz gewesen.

Kapitel VIERZEHN

Tyler

In der Hoffnung, er würde endlich einschlafen, schaukelte Tyler Xavier sanft hin und her. Es war Zeit für sein Nachmittagsschläfchen, aber es war mehr als deutlich, dass das Baby nicht ans Schlafen dachte. Seine großen Augen fielen immer wieder zu, aber in der nächsten Sekunde riss er sie wieder unter Protest auf. Tyler erwartete schon beinahe, dass Rauch aus seinen Nasenflügeln steigen würde, auch wenn Xavier noch viel zu klein dafür war.

Es klingelte an der Tür und um ein weiteres Klingeln zu vermeiden, eilte er zusammen mit Xavier zur Tür. Gilbert stand auf der anderen Seite. Er grinste Tyler und das Baby an.

„Komm rein." Tyler machte Platz, um ihn hereinzulassen. „Was ist los?"

„Ich hatte mich nur gefragt, ob Polly heute arbeitet."

Tyler konnte nicht anders, als ihn auf die Frage hin teuflisch anzugrinsen. „Oh, du bist also den weiten Weg nur deswegen hergekommen? Du hättest doch anrufen können. Nun, ich muss dich wohl leider nach deinen Absichten fragen, bevor ich ihr den Tag freigeben kann."

Gilbert rollte mit seinen Augen. „Ja, genau das ist es. Ich suche nach einem heißen Date, so mitten am Tag. Nein, Ty, ich werde sie nicht um eine Verabredung bitten."

Er machte einen Schritt zur Seite und schaute über Tylers Schulter hinweg. Tyler drehte sich um und sah

Polly im Wohnzimmer Staub wischen. Tyler verzog das Gesicht, seufzte aber erleichtert, als er sah, dass sie Ohrstöpsel trug. Gut.

„Polly!"

Sie sprang erschrocken auf. Nachdem sie einen Ohrstöpsel aus ihrem Ohr herausgefischt hatte, hob sie die Augenbraue. „Ja?"

„Komm mal kurz rüber. Gil wollte dich was fragen."

Polly sah überrascht aus, aber sie kam rüber. Sie lächelte Gilbert breit an. „Was gibt es?"

„Nun ja... Meine Haushälterin hat letzten Monat gekündigt. Ich habe versucht, alles allein in Ordnung zu halten, aber das wird mir zu viel. Ich wollte fragen, ob ich dich für einen Tag anstellen kann, damit du mir aushilfst."

Ja, es war ein riesiges Haus und es war bestimmt schwierig, alles sauber zu halten, aber das war jetzt schon das vierte Mal im Jahr. Er sollte besser einfach zugeben, dass er Zeit mit Polly verbringen wollte, denn es wurde langsam auffällig.

Polly dachte anscheinend das Gleiche. „Das ist schon das vierte Mal in diesem Jahr, dass dir die Haushälterin wegläuft. Ich schätze, du solltest einmal herausfinden, warum sie immer wieder kündigen." Polly schüttelte ihren Kopf. Sie sah nicht sonderlich glücklich aus. Was komisch war, denn sie freute sich sonst auch immer, wenn sie Gilbert helfen konnte. „Ich habe hier eine Menge zu tun, jetzt wo Bernie und das Baby –"

„Und du weißt, dass Bernie entsetzt wäre, würde sie das hören." Tyler runzelte die Stirn. „Sie macht auch eine Menge. Gerade erst gestern hast du dich beschwert, dass sie so viel macht, dass dir die Arbeit ausgeht."

Polly seufzte. „Entschuldige. Ich habe heute keine gute Laune. Ja, ich kann rüberkommen und ein wenig für Ordnung sorgen, Gil. Aber im Ernst, du solltest da mal nachforschen. Ich kann nicht ständig umsonst für dich arbeiten. Solange du mich nicht bezahlst oder heiratest, brauchst du eine Vollzeitkraft."

Gilbert bewegte sich unbehaglich von einer Seite zur anderen und lachte peinlich berührt. „Bitte, wenn ich dich heiraten würde, würde ich nicht erwarten, dass du das Haus putzt. Du könntest deinen Interessen nachgehen."

„Manchmal frage ich mich, ob ich überhaupt welche habe." Polly schloss für einen Moment die Augen. „Entschuldige. Schlechter Tag. Gehen wir."

„Polly –" Tyler wollte ihr gerade sagen, dass sie nicht gehen musste, wenn sie nicht wollte, aber in dem Moment klingelte sein Telefon. Er ging schnell ran. Xavier zog die Nase kraus und grummelte für einen Moment, bevor er endlich einschlief. Tyler schaukelte ihn sanft hin und her, während Polly und Gilbert verschwanden. „Hallo?"

„Ty, du musst herkommen."

Die Stimme klang vertraut. Tyson? Ein Mitglied aus dem Club. „Was ist los?"

„Im Club findet gerade eine Abstimmung statt. Da du in letzter Zeit nicht oft hier warst, will Bill über deinen Rauswurf entscheiden. Du musst jetzt unbedingt herkommen. Komischerweise ist er sehr überzeugend."

Bill und überzeugend? Das war doch lächerlich. Tyson hatte allerdings keinen Grund, zu lügen. Und außerdem rief nicht Jackson, sondern Tyson an, was bedeutete, dass Jackson nicht da war. Vielleicht war keiner von Tylers Freunden dort. Wenn dies der Fall war, lagen Bills Chancen für seinen Rausschmiss gut.

Er konnte das nicht verlieren. Nicht wegen eines Idioten, der sich selbst als den Mittelpunkt der Erde sah.

Tyler lief nach oben und legte Xavier in sein Bett. Er weckte Bernie auf und erklärte ihr, was vor sich ging. Danach rauschte er auf seinem Motorrad zur Bar. Als er die Treppen zum Club hochjagte, blieb er im Türrahmen stehen. Niemand war hier.

Sein Feuer brodelte. Es war also eine Falle. Großartig.

Etwas Hartes traf ihn am Rücken und ließ ihn nach vorne taumeln. Als er sich umdrehte, sah er, wie Bill mit einigen Männern in den Raum strömte. Bills Gesicht verzog sich zu einem widerlichen Grinsen, während er seine Schultern zurückrollte.

„Also, Freeman. Jetzt können wir uns endlich richtig um dich kümmern."

„Danke." Tylers Stimme klang trocken. Er schluckte schwer. „Aber ich habe schon eine Freundin. Um mich wird sich blendend gekümmert."

Bill knurrte und er ging vorwärts. „Ich bin es leid, dass du deine Klappe immer so weit aufreißt, Freeman. Du glaubst, du bist schlau und dass du alle kontrollieren kannst, nur weil du die Geheimnisse der Leute kennst. Aber du bist nichts weiter, als ein erbärmlicher Versager, der Leute gerne mobbt, um sich stark zu fühlen."

„Witzig, ich wollte gerade das Gleiche über dich sagen."

Bill ließ seine Fingerknöchel knacken. „Es wird mir richtig Spaß machen, dir eine Lektion zu erteilen. Du wirst das bekommen, was du verdienst, und dann werden wir sehen, ob du immer noch so ein Großmaul bist."

Tyler wich zurück und ließ dabei auch Bills Männer nicht aus den Augen, während sie näher rückten. Er konnte sich nicht nur auf Bill konzentrieren, denn sonst wäre er leichte Beute für alles, was um ihn herum geschah. Es waren zu viele. Sein Feuer brannte heißer. Das war nicht gut. Überhaupt nicht gut. Er schluckte, als er einen Blick auf die Fenster warf. Er würde es bis dahin schaffen, oder?

„Wenn es immer noch um Bernie geht... Sie hat klargemacht, dass sie nichts von dir will, Bill. Ich weiß, dass sie es dir angetan hat, aber sie empfindet nicht das Gleiche für dich. Sei ein Ehrenmann und lass es gut sein, okay?" Tyler versuchte ruhig und besänftigend zu klingen. „Es ist Mist, abgewiesen zu werden. Das weiß ich. Aber es gibt eine Menge Frauen da draußen und viele würden alles dafür geben, um diese Aufmerksamkeit von dir zu bekommen."

Bill drehte seine Schultern und versuchte offenbar sich zu lockern. Er antwortete Tyler nicht. Plötzlich sprang er nach vorne und Tyler versuchte der riesigen Faust, die auf sein Gesicht zukam, auszuweichen, aber er schaffte es nicht. Sie traf ihn im Magen und er krümmte sich vor Schmerz. Die Luft in seinen Lungen wurde herausgequetscht.

„Die Sache ist die, Freeman. Du bist zu schwach, um sie zu beschützen. Sie gehört mir, ob es ihr gefällt oder nicht."

Seine Flammen brodelten. Rauch stieg aus seinen Nasenflügeln, während Tyler sich aufrichtete. Er schwang seine Faust und traf Bills Kiefer. Auch wenn sein Magen immer noch schmerzte und er nicht vollständig einatmen konnte, rammte er Bill als Dankeschön seine Faust auch in den Magen. Doch er zielte zu hoch und seine Knöchel trafen auf Bills Rippen. Schmerz schoss durch seine Hand.

Bills Gefolgsmänner mischten sich ein. Zwei Fäuste knallten gegen seine Nieren und brachten vor Schmerz seine Sicht zum Schwanken. Ihm wurden die Beine vom Boden gerissen und er fiel. Sie hielten ihn fest, während Bill sich neben ihn kniete.

Er musste von hier weg. Tyler wehrte sich, in der Hoffnung, sich befreien zu können, so wie Shane es ihm beigebracht hatte. Er hätte ihm damals besser zuhören sollen, aber er hatte gedacht, dass er das Wissen ohnehin nicht brauchen würde.

Bill trat mit seinem Fuß auf seine Brust. Der Stoß hätte ihn beinahe aus dem Griff von Bills Männern gerissen, aber sie packten ihn schnell wieder, sodass Bill seine Fäuste auf ihn regnen lassen konnte. Ihm wurde schwarz vor Augen. Er spürte, wie die Knochen unter den erbarmungslosen Schlägen knackten. Sein Herzschlag setzte aus und er konnte nicht atmen. Die Welt um ihn drehte sich und alles geriet außer Kontrolle. Und er konnte nur an sie denken.

Bernie und Xavier. Seine Freundin ... seine Partnerin ... und sein Sohn. Sie hatten sich doch gerade erst wiedergefunden und befanden sich auf einem guten Weg. Und jetzt wollte dieses große, dumme Arschloch das alles wieder zerstören.

„Stopp!", schrie jemand hinter ihm. Bills Männer wurden weggezogen und Jackson sprang hervor, um Bill ins Gesicht zu boxen.

Tyler brach auf dem Boden zusammen. Es war vorbei. Zumindest dachte er es, bis jemand sprach.

„Ruf die Frau an. Das wird jetzt auf der Stelle geklärt und sie muss dabei anwesend sein."

Kapitel FÜNFZEHN

Bernie

Xaviers Jammern weckte sie auf. Bernie gähnte, während sie ihr Baby nahm. Sie kuschelte Xavier an sich. So sehr sie es auch brauchte - ein Schläfchen am Nachmittag fühlte sich nie besonders gut an. Ihr Mund war trocken und sie wollte einfach nur ein Glas Wasser oder Saft herunterkippen. Und was Kleines zum Beißen wäre auch nicht verkehrt.

„Ich hoffe, du hast besser geschlafen als Mama", flüsterte sie zu Xavier. „Und du hast eine schmutzige Windel."

Sie zog die Vorhänge zurück, um ein wenig Sonnenlicht und frische Luft hereinzulassen. Sie wechselte dann die Windel und ging nach unten. Sie hörte

Stimmen im Wohnzimmer und als sie um die Ecke schaute, sah sie Polly und Gilbert. Sie saßen dicht beieinander auf der Couch und Polly sah aus, als würde sie weinen. Bernie versuchte wegzugehen, ohne bemerkt zu werden, doch Polly schaute in dem Moment auf.

Sie lächelte und streckte ihre Arme aus. „Ich könnte ein paar Kuscheleinheiten vertragen."

Bernie gab ihr Xavier und zögerte dann. Sollte sie fragen, was los war, oder würde sie zu tief in die Privatsphäre eindringen? Sie räusperte sich und Polly warf ihr einen warnenden Blick zu. Okay. Sie sollte also nichts zu den Tränen sagen.

„Wo ist Tyler?", fragte sie stattdessen.

„Oh, er ist ausgegangen."

Bernie runzelte die Stirn. Sie erinnerte sich wieder. Er hatte sie geweckt, um ihr zu erzählen, dass er losmusste. „Er ist noch nicht wieder zurück?"

Polly schüttelte den Kopf. „Schätze, er war vielleicht hier, als wir geredet haben und wollte nicht stören. Ich weiß nicht. Warum?" Ein wissendes Grinsen kam auf Pollys Lippen. „Gibt es etwas, das du ihm dringend sagen musst?"

„Nichts Dringendes." Hitze kam auf ihre Wangen. Sie wollte nett sein und Polly in keine unangenehme Lage bringen und Polly musste ihr dennoch genau das antun. Na ja. Vielleicht hatte sie es bei all dem hin und her seit ihrer Ankunft auch verdient. „Macht es dir was aus, kurz auf Xavier aufzupassen? Ich bin noch ein wenig benommen vom

Schlafen und frische Luft tut ja bekanntlich ganz gut."

„Natürlich."

Gilbert legte einen Finger in Xaviers Hand und lächelte, auch wenn sein Blick etwas Wehmütiges hatte. „Ich muss bald aufbrechen, also –"

„Ich kann schon allein auf ein Baby aufpassen." Pollys Stimme klang etwas leichter. „Schließlich passe ich auf dich und Tyler auch schon ein paar Jahre auf. Xavier ist viel unkomplizierter."

Bernie entspannte sich ein wenig, da sie wieder scherzen konnte und sie lächelte mit ihr. „Danke. Ich möchte ihn nicht mit rausnehmen, es ist ganz schön frisch und er ist schon ein bisschen kränklich."

Gilbert schüttelte seinen Kopf. „Drachen werden nicht krank."

Xavier nieste.

„Aber er ist wohl in dem Alter auch noch kein echter Drache. Erst, wenn er seinen ersten Funken Feuer hat." Gilbert verzog das Gesicht und senkte schüchtern seinen Kopf. „Er mag vielleicht doch eine Erkältung haben."

Polly streichelte über Bernies Hand. „Mach dir keine Sorgen. Ich pass auf ihn auf, bis du wieder da bist. Geh. Genieß den Sonnenschein. Schnapp dir etwas Vitamin D."

„Danke." Bernie zögerte immer noch. Es fiel ihr immer noch schwer, ihr Baby zu verlassen, obwohl sie sich mittlerweile daran gewöhnt haben sollte. Schließlich hatten Polly und Tyler schon einige Male jetzt auf Xavier aufgepasst, während sie unterwegs war. „Ich habe mein Telefon bei mir, falls was sein sollte."

Sie ging, bevor sie ihre Meinung ändern konnte. Sie wollte nur einen kleinen Spaziergang machen. Die kühle Luft füllte ihre Lungen und half dabei, ihre Erschöpfung, die immer noch an ihr klebte, wegzublasen. Die Nachbarschaft war ruhig. Die Polizei, die sich hier aufgehalten hatte, war nicht länger notwendig, da alle Dealer, die wegen Bernie in Haft waren, für schuldig befunden wurden. Sie stellten keine Gefahr mehr dar und dafür war sie dankbar. Sie hatte genug um die Ohren und brauchte nicht noch Verbrecher als Krönung.

Ihr Telefon klingelte. Bernie ging sofort ran.

„Frau Gardener." Die männliche Stimme war tief und rauchig und hatte ein Knurren in sich, das Bernie Gänsehaut gab. „Mein Name ist Leopold Turner. Ich bin Mitglied im Motorrad-Club, so wie auch Tyler. Ich befürchte, es gab da einen Vorfall."

Ihr Herz schlug ihr bis zum Hals und ihr gesamter Körper fühlte sich stumpf an. Ihre Finger verspannten sich so um das Telefon, dass ihre Knöchel weiß anliefen. Es fühlte sich an, als wäre ihre Zunge an ihren Gaumen geklebt. Ein Vorfall. Das konnte alles bedeuten. Wenn Tyler etwas zugestoßen war, wie sollte sie damit fertig werden?

„Was ist passiert?", schaffte sie hervorzubringen. „Geht es Tyler gut?"

Stille. Dann hörte sie ein Poltern, bevor Tylers Stimme an ihr Ohr drang. „Bernie. Es geht mir gut."

Ein Heulen im Hintergrund. Bernie umklammerte das Telefon noch fester. Ihr Körper brannte. Sie wollte rennen, sie wollte kämpfen. Sie wollte zurück zu Xavier, um ihn zu halten. Sie wollte wen auch immer Tyler festhielt jagen und sicherstellen, dass er für das bezahlte, was auch immer Tyler angetan worden war.

„Es ist alles gut. Ich verspreche es. Bleib einfach bei Xavier und –"

Erneut hörte sie ein Poltern und Leopolds Stimme drang wieder durch die Leitung. „Herrn Freeman geht es gut, aber Sie müssen herkommen. Es scheint da einen Streit zwischen ihm und noch einem Mitglied zu geben und wir müssen das jetzt ein für alle Mal klären. Kommen Sie, so schnell es geht."

Noch ein Mitglied? Die Kälte in ihrem Körper wurde durch heißen Hass ersetzt. Bill. Dieses Arschloch! Ihre Hände ballten sich für einen Moment zu Fäusten. Das Gespräch wurde beendet und sie schob ihr Handy zurück in ihre Tasche. Okay. Gut. Sie wollten die Sache klären? Sie würde hingehen. Und Bill Johnson würde den Tag bereuen, an dem er dachte, dass sie seine Traumfrau war. Damit war endgültig Schluss.

***

Bernie marschierte in die Bar im Club, ihre Augen blitzten und sie rieb die Zähne aneinander. Eine Handvoll Drachen stand herum. In der Mitte des Raumes stand eine lange Couch. Tyler und Bill saßen dort. Die Anspannung, die von beiden ausging, war so stark, dass sie sie riechen konnte. Mit geballten Fäusten rauschte sie zu ihnen.

Tylers Gesicht sah furchtbar aus. Blut tropfte aus seiner Nase, seine Lippe war aufgeplatzt und er hatte einen lila-grünen Bluterguss am Auge. Er machte sich gerade und verzog das Gesicht, als er sie sah. Zuerst dachte sie, dass es daran lag, dass er nicht wollte, dass sie hier war, aber dann sah sie, dass er sich die Rippen hielt. Die Bewegung musste ihm Schmerzen bereiten.

In diesem Moment war sie froh, kein Drache zu sein. Denn ansonsten würden die Flammen sie jetzt vollständig beherrschen und sie würde wie eine Bombe hochgehen. Alles in ihr schrie, als sie sich Bill zuwandte. Er sah sie mit einem verärgerten, schmollenden Blick an.

„Hast du ihm das angetan?", wollte sie wissen und zeigte dabei auf Tyler.

„Bernie, ich –", begann Tyler, aber Bernie hob ihre Hand und brachte ihn zum Schweigen.

„Hast du das getan?"

Bill schnaubte und bewegte sich auf der Stelle. „Ich musste ihm die Leviten lesen."

Sie machte einen Sprung nach vorne. Ihren Freund – Gefährten – so zu sehen, überforderte sie. Schreiend schwang sie beiden Fäuste gegen Bills Gesicht. Jemand packte sie an der Taille und drehte sie weg. Sie wurde weggezogen, noch bevor die Schläge Bill erreichten. Er sprang jetzt auf und Rauch quoll aus seinem Mund.

„Seht ihr?" Er zeigte auf sie, schaute aber zu den anderen Drachen um ihn herum. „Seht ihr, was er mit ihr gemacht hat? Er hat sie so manipuliert, dass sie sich selbst verletzen würde, indem sie ihren Partner angreift! Wie kann mein Handeln also nicht gerechtfertigt sein?"

„Ich habe versucht höflich zu bleiben, aber ich bin nicht deine Partnerin!" Bernie schüttelte die Hände, die sie festhielten, ab und warf Bill einen Blick zu, bei dem sie hoffte, dass sein Gesicht schmelzen würde. „Ich will nichts mit dir zu tun haben."

„Du willst also sagen, dass du lieber mit dem Arschloch zusammen sein willst?" Er zeigte auf Tyler.

„Du entscheidest nicht, mit wem ich zusammen bin und um ehrlich zu sein, wenn du glaubst, dass du das kannst, bist du das größte Arschloch hier im Raum!"

Bernie hätte liebend gern noch mehr gesagt, aber Tyler warf ihr einen warnenden Blick zu und sie blieb ruhig. Sie sah sich um und alle Drachen um sie herum starrten sie an. Was hatte sie jetzt wieder angestellt?

„Wir haben hier zwei Männer, die behaupten, dass diese Frau hier ihre Partnerin sei." Einer von ihnen, der klang wie der Drache vom Telefonat, klatschte in die Hände. „Wir werden das wohl auf die altmodische Art und Weise klären müssen."

Altmodisch? Bernie bekam Gänsehaut. Sie konnte nicht anders, als zu denken, dass es nur ein anderes Wort für sexistisch war.

„Die beiden Herausforderer werden um ihre Partnerin kämpfen", fuhr Leopold fort. „Wir geben Tyler vierundzwanzig Stunden Zeit, um sich von seinen Verletzungen zu erholen, und dann werden er und Bill gegeneinander antreten. Der Gewinner wird den Menschen bekommen, ihr Partner sein und –"

„Nein." Bernie unterbrach ihn. „Ich treffe meine eigenen Entscheidungen und ich suche mir meinen Partner selbst aus. Und dieses Scheusal hier", sie zeigte auf Bill, „wird sich 'ne Kugel im Kopf einfangen, sollte er versuchen mich anzufassen. Ich schwöre, wenn ihr glaubt, mir sagen zu können, was ich mit meinem Körper tun und lassen soll –"

„Wer dein Partner ist, ist nicht deine Entscheidung." Leopolds Ton war so herablassend, dass ihr beinahe die Hand ausgerutscht wäre. „Partner sind vom Schicksal bestimmt. Dein dir vom Schicksal vorbestimmter Partner wird diesen Kampf gewinnen. Der Verlierer wird sich seinem Schicksal ergeben."

Bernie starrte ihn mit offenem Mund an. Sie wusste nicht einmal, was sie darauf sagen sollte. Aber eins stand fest... die Situation war schlecht. Sie drehte sich zu Tyler, aber sowohl er als auch Bill wurden hinausgeschoben.

Vierundzwanzig Stunden. Und dann würden sie kämpfen und ihr Schicksal bestimmen. Der Mann, den sie liebte, gegen den Mann, der dachte, sie besitzen zu können. Argumente rauschten durch ihren Kopf, aber es hatte sich schon gezeigt, dass es niemanden interessierte, was sie dachte oder wollte.

„Wartet!", rief sie, bevor Tyler aus ihrem Sichtfeld verschwand. Alle hielten inne. „Wartet, ich muss noch etwas loswerden."

Sie ging auf Tyler zu, aber Leopold packte ihren Arm. Sie rammte ihren Ellenbogen in seinen Magen und er ließ sie los. Bei Tyler angekommen warf sie ihre Arme um seinen Hals und küsste ihn geräuschvoll. Es interessierte sie nicht, wer noch im Raum war. Es war ihr egal.

Tränen liefen über ihre Wangen und sie nahm ihr Gesicht von seinem. Einem Teil von ihr war es peinlich, dass sie weinte. Aber sie ignorierte das. Sie hatte schließlich genug Gründe zum Weinen.

„Ich liebe dich, Tyler Freeman", flüsterte sie ihm zu.

Bill knurrte. Die Drachen, die ihn festhielten, verspannten sich. Tyler ignorierte ihn und schlang seine Arme fester um ihre Taille. Es lag eine Verzweiflung in seinem Kuss, die sie beinahe zusammenbrechen ließ.

„Ich liebe dich auch", flüsterte er zurück.

Und dann wurden sie weggezogen. Innerhalb weniger Sekunden war er verschwunden. Leopold kam in ihr Sichtfeld und warf ihr einen belustigten Blick zu. Er begann zu lächeln und klopfte ihr auf die Schulter.

„Kopf hoch. Wenn er dein Gefährte ist, wird er nicht verlieren."

Bernie öffnete ihren Mund, um zu fragen, ob sie die Hexen von Salem waren, aber sie schloss ihn wortlos wieder. Es machte keinen Sinn zu diskutieren. Sie würde nichts ändern können. Jetzt zu streiten, würde für Tyler alles nur noch schlimmer machen.

Ihr gesamter Körper verkrampfte sich. Was sollte sie jetzt in den nächsten vierundzwanzig Stunden tun?

Kapitel SECHZEHN

Tyler

In den vierundzwanzig Stunden, die ihm zustanden, durfte er nicht nach Hause gehen. Leopold, der sich der Sache angenommen hatte, hatte ihm gesagt, dass er Bernie nicht kontaktieren durfte, bis klar war, dass er ihr wahrer Gefährte war. Ihm war es gleich, dass sie nichts mit Bill zu tun haben wollte...

Der Tag war ausreichend gewesen, um seine Wunden verheilen zu lassen, und schon bald fand er sich mit Bill in einer großen Lagerhalle wieder. Es war das „Fitnessstudio" des Clubs und das gesamte Equipment war an den Rand geschoben worden, um genügend Platz in der Mitte zu schaffen. Wrestling-Matten lagen bereit, auch wenn es unwahrscheinlich war, dass sie irgendetwas nutzen würden. Nicht, wenn zwei Drachen kämpften.

Bill schlug seine Faust in seine Handfläche, während er versuchte Tyler mit Blicken zu töten. Tyler ignorierte das und dehnte sich, während sie auf Leopold warteten. Er musste antreten, aber das hieß nicht, dass er unnötige Verletzungen riskieren und sich noch dummerweise einen Muskel zerren würde. Sein Feuer flammte heiß, auch wenn er versuchte, ruhig zu bleiben.

Dachte Bill wirklich, dass eine Frau, die nichts mit ihm zu tun haben wollte, seine Partnerin sein konnte? Auf der anderen Seite beschuldigte er Tyler aber auch, der Grund dafür zu sein, dass Bernie ihn hasste, von daher...

Leopold trat zwischen sie. „Keine Waffen. Keine Verwandlung. Niemand wird getötet. Ihr kämpft, bis einer von euch ohnmächtig wird oder sich ergibt. Wenn ihr euch umbringt, bekommt keiner das Mädchen, verstanden? Wir sind schließlich keine Wilden."

Tyler unterdrückte seinen Drang, mit den Augen zu rollen. Sie zu einem Kampf zu zwingen, wo es doch eindeutig war, wen Bernie wollte, war also nicht barbarisch? Klar.

Leopold ging an die Seite. Fast der gesamte Club stand auf der Galerie über ihnen und schaute auf sie hinunter. Aber Bernie stand mit Leopold an der Seite. Sie sah aufgebracht und besorgt aus. Tyler winkte ihr zu und versuchte ihr zu versichern, dass sie sich keine Sorgen machen musste, auch wenn seine Eingeweide brannten. Bill war ein viel, viel größerer Drache als er…

„Ärgere dich nicht, meine Liebe", rief Bill ihr zu. „Ich werde dich gewinnen und wir werden unsere Leben gemeinsam miteinander verbringen."

„Das wird niemals passieren", brüllte sie zurück. „Ich werde dich nicht in meine Nähe lassen!"

Bill rollte mit den Augen. Tyler nutzte das und machte einen Satz nach vorne, um seinen ersten Schlag zu landen. Seine Knöchel knackten, als er auf Bills Kiefer traf. Der größere Drache taumelte rückwärts. Sein Kopf wackelte hin und her und Rauch quoll aus seinem Mund. Er machte einen Satz nach vorne. Er bewegte sich schneller, als Tyler angenommen hatte, und er holte mit seiner riesigen Faust aus. Tyler duckte sich, um auszuweichen, aber Bill erwischte ihn dennoch an der Schulter.

Jubelschreie drangen von den Zuschauern. Tyler konnte sich gut vorstellen, dass sie gerade ihre Wetteinsätze einreichten, aber er sah nicht auf. Anders als Bill, der triumphierend seine Hände in die Luft streckte und brüllte.

Tyler schaffte es wieder auf seine Beine und rollte seine Schulter, um die Mobilität zu überprüfen. Es knackte, aber der Schmerz war auszuhalten. Er zielte wieder auf Bill. Als sich der größere Drache wieder zu ihm drehte, schnellte er unter seinen Armen hindurch und verpasste ihm eine Reihe von Schlägen in den Magen. Bill grunzte und krümmte sich nach vorne. Tyler richtete sich wieder auf und schlug ihm den Ellenbogen gegen den Nacken.

Bill packte ihn an der Taille und warf ihn auf die Matte. Als der massige

Körper auf ihn krachte, raubte es ihm den Atem. Sterne tanzten vor seinen Augen. Bill setzte sich auf und schlug ihm zweimal ins Gesicht und gegen die Brust. Etwas brach und Schmerz durchflutete seinen Körper. Tyler hob die Arme, um die Schläge abzudämpfen. Rauch füllte die Luft und den Raum zwischen ihnen. Bill fuhr blind mit seinen Hieben fort.

Tyler ergriff eine unglaublich dumme Idee. Er warf sich nach vorne. Die Bewegung brachte Bill aus dem Gleichgewicht, aber noch besser wurde es, als Tyler seine Stirn gegen Bills Nase rammte. Dieser heulte auf vor Schmerz und rollte von seinem Gegner herunter. Tyler nahm sich einen Moment Zeit, um seine Sicht wiederzugewinnen, bevor er sich auf Bill stürzte. Er rang ihn zu Boden und schlug auf sein Gesicht ein.

Schweiß und Blut vermischten sich und noch mehr Rauch stieg zwischen ihnen auf.

Und plötzlich wurde er zur Seite geschleudert. Flügel traten aus Bills Rücken. Weiß goldene Schuppen bedeckten seinen Körper und er warf seinen Kopf zurück und brüllte. Sein Hals wurde lang und sehnig, seine Arme wurden noch kräftiger und seine Hände wurden zu riesigen, tödlichen Klauen. Flammen knisterten in seinem Mund, während Bill auf Tyler starrte.

„Ich habe gesagt –"

Bills Schwanz schlug aus. Er traf Leopold im Magen und warf ihn einmal durch die gesamte Lagerhalle. Er brach zusammen. Über ihnen war der Rest des Clubs in Schweigen gefallen. Tyler kroch von Bill weg und versuchte das Blut, das über seine Augen lief, wegzublinzeln. Er hatte Gänsehaut und starrte nach oben. Sein Feuer brodelte und kochte, aber er konnte sich nicht verwandeln.

Wenn er es tun würde, egal aus welchem Grund, würde er die Rechtsgültigkeit, um Bernie als Partnerin beanspruchen zu dürfen, wegwerfen. Doch was, wenn Bill genau das gerade getan hatte; der Club würde ihm verbieten mit ihr zusammen zu sein, wenn er die Regeln brach, und dann was? Er hätte keine Freunde mehr, mit denen er gemeinsam mit seiner Partnerin Zeit verbringen könnte. Dieses Opfer würde er bringen, aber sein Zögern dauerte zu lange.

Bill packte ihn mit einer Klaue. Er brach in ohrenbetäubendes Gelächter aus und übertönte die anderen Mitglieder, die schrien, dass er Tyler loslassen sollte. Tyler wehrte sich mit Tritten, aber der Griff war so fest, dass er sich nicht verwandeln konnte, selbst wenn er es wollte.

„Ergib dich!" Irgendwie schaffte es Bernies hohe, scharfe Stimme ihn zu erreichen. „Tyler, ergib dich! Bitte!"

Jede einzelne Faser in ihm schrie, aber Tyler sagte die Worte dennoch. „Ich ergebe mich."

Bill hielt inne. Dann lachte er noch lauter und ließ Tyler los. Er warf die Hände in die Luft, als Zeichen seines Sieges und schrie an die Decke, während er sich zurückverwandelte. Tyler hatte Schwierigkeiten zu atmen und versuchte auf die Beine zu kommen. Seine Beine gaben nach und er fiel wieder zu Boden. Er sah hilflos zu, wie Bill zu Bernie ging und sie am Arm packte.

Ihre Antwort war ihre Faust in seinem Magen. Der ganze Lärm über ihren Köpfen erstarb. Bernies Gesicht zeigte pure Entschlossenheit. Sie haute Bill ihren Ellenbogen in den Nacken und trat ihm ins Gesicht.

„Jetzt werde ich für mich selbst kämpfen!", schrie sie. „Ich beanspruche mich selbst als Partner und du musst gegen mich antreten!"

Bill knurrte. „So funktioniert das aber nicht –"

Bernie schlug ihm die Faust gegen die Brust. Die Wucht haute Bill um, aber er fing sich schnell wieder. Mit einem Knurren versuchte er nach ihr zu greifen. Tyler war sich nicht sicher, wann er es geschafft hatte, wieder aufzustehen, aber plötzlich war er da. Mit einem Arm schnappte er sich Bernie und drehte sie von Bill weg, während er mit der freien Faust gegen dessen Schläfe schlug. Bills Mund öffnete sich, schloss sich wieder und dann fiel er in sich zusammen.

Die Mitglieder des Clubs schrien alle gleichzeitig nach unten. Einige von ihnen rannten zu Leopold, während die anderen Tyler gratulierten. Bills Männer zogen ihn zur Wand und ließen ihn dort.

„Ihr alle bleibt uns fern, oder ich stürme auf euch los wie ein Orkan", zischte Bernie. Sie schaute die Drachen finster an und sie hielten Abstand. Dann legte sie sich Tylers Arm um die Schulter, um ihm beim Gehen zu helfen. Als sie aus der Lagerhalle raus waren, fing sie an zu zittern. „Dieses ... dieses Arschloch. Er hätte dich umgebracht."

Tyler nickte zustimmend. „Und dafür wird er bestraft werden. Der Club toleriert solch ein Verhalten nicht. Es würde mich nicht überraschen, wenn er in der nächsten Stunde schon hinter Gittern sitzt."

Bernie knurrte. „Sobald wir dich versorgt haben, rufen wir die Bullen. Das ist inakzeptabel. Einfach nur inakzeptabel... Obwohl..." Ihre Stimmung schien sich ein wenig zu verbessern und sie lächelte ihn vorsichtig an. „Du sahst wirklich scharf aus, wie du so ohne Shirt gekämpft hast. So würde ich dich gerne öfter sehen. Nur nicht in solch ernsten Situationen. Vielleicht solltest du Schauspieler werden und diese Actionfilme drehen. Dann könntest du nackt sein und so tun, als würdest du kämpfen."

Tyler kicherte, auch wenn es schmerzte. „Erst war es ohne Shirt und jetzt nackt? Das ist aber ziemlich sexistisch."

„Ich muss diesen Blödsinn reden." Ihre Lippen zitterten. „Denn wenn ich daran denke, was er dir beinahe angetan hätte –"

„Denk nicht darüber nach." Tyler gab ihr einen sanften Kuss. „Denk einfach nicht darüber nach."

***

Da Tyler nicht nach Hause wollte, brachte Bernie ihn in die Bar. Dort versorgte sie seine Wunden. Als sie gerade fertig geworden war, kamen die anderen. Jackson erzählte ihnen, dass er Bill der Polizei übergeben hatte, aufgrund von Stalking, Belästigung und versuchten Mordes. Sie würden alle gegen ihn aussagen. Bills Männer saßen zusammengekauert in der Ecke und sagten kein Wort.

Als soweit alles erledigt war, gönnten sie sich ein paar Drinks, um zu feiern. Bernie war allerdings immer noch sauer auf alle, dass sie den Kampf zugelassen hatten, also erfand Tyler schnell eine Ausrede, um nach Hause gehen zu können. Auf dem Weg nach draußen schaute er auf sein Handy und sah ein Dutzend vermisster Anrufe von Polly, was ihn zusammenzucken ließ. Nachdem er sie angerufen und ihr versichert hatte, dass alles okay war, schaltete er sein Telefon aus und schloss die Augen.

Endlich zu Hause angekommen brachte Bernie ihn in sein Schlafzimmer und half ihm beim Duschen. Dann verband sie die Wunden erneut und setzte sich im Bademantel neben ihn aufs Bett. Sie strich mit ihren Fingern über die Bandagen und schüttelte ihren Kopf. „Ich weiß, dass ich mich nicht schuldig fühlen sollte, aber dennoch tue ich es."

Tyler streckte seinen Arm nach ihr aus und sie legte sich an seine Brust. „Es ist nicht deine Schuld. Du hast recht, du kannst dich deswegen nicht schuldig fühlen."

„Aber wenn –"

„Denk nicht darüber nach. Es ist nicht deine Schuld. Mir geht es gut. Dir geht es gut. Bill ist im Knast und er wird niemandem wieder weh tun." Er küsste sie sanft und grinste dann. „Und du hältst mich für sexy."

Bernie lachte und rollte mit den Augen, akzeptierte den Kuss aber. Ihre

Finger gruben sich in sein Haar, als er seine Zunge sanft zwischen ihre Lippen schob.

Kapitel SIEBZEHN

Bernie

„Du bist immer noch verletzt", flüsterte Bernie, während sie ihm aus seinem Shirt half.

„Dann musst du eben vorsichtig mit mir sein." Tyler grinste sie an. „Okay?"

Bernie rollte mit ihren Augen, aber erwiderte sein Grinsen. Sie gab ihm einen sanften Kuss auf die Lippen und übersäte dann sein Gesicht mit weiteren. Das Adrenalin vom Kampf rauschte immer noch durch sie und sie fragte sich, ob sie sich würde kontrollieren können. Ihr Herz schlug immer noch viel zu schnell und zu hart gegen ihre Brust.

Ich hätte ihn verlieren können. Und dann sprach plötzlich Tylers Stimme in ihrem Kopf, als wäre es Telepathie. *Denk nicht darüber nach.*

Bernie versuchte all ihre Ängste zu greifen und sie wegzuschieben. Ja, es war beängstigend gewesen, aber er war jetzt hier bei ihr. Sie waren zusammen, ihre Körper aneinandergepresst, ihre Zungen miteinander verbunden. Sie erforschte die Konturen auf seiner Brust, verinnerlichte die Hitze seiner Haut und jede Kurve seines perfekt geformten Körpers.

Sie küsste ihn wieder und ließ ihre Zunge über seine Lippen fahren, um sie zu öffnen. Sie tauchte in einen tiefen, kopfverdrehenden Kuss ein und tauchte erst wieder auf, als sie nach Luft schnappen musste. Sie machte sich Platz auf seinem Schoß und setzte sich vorsichtig auf ihn. Er roch nach Rauch, so wie immer, aber er war frisch und sauber. Der Geruch von Seife war fast genauso stark. Wassertropfen hingen an ihren Fingerspitzen, als sie mit ihnen durch sein Haar fuhr.

Tyler öffnete ihre Robe und entblößte sie vor ihm. Ihr Rücken drückte sich durch und ihr Kopf fiel zurück. Eine seiner Hand umfasste ihre Brust, drückte sie sanft, während er die andere küsste. Ihre Reibung an ihm ließ ihn unter ihr hart werden. Er presste sich fest an ihren Oberschenkel und Bernie stöhnte vor Lust.

„Ich will dich", stöhnte sie. „Ich will dich jetzt und für immer. Ich will dich als meinen Partner, Tyler Freeman. Ich möchte, dass du mir gehörst. Ich will, dass wir das erste Mal Liebe als Gefährten machen und es sollen noch tausende Male danach folgen. In Betten, in Autos, in Zelten. Hier, in Kanada, in Peru, in Ägypten. Wo immer unsere Leben uns hinführen werden."

Tyler lächelte sie an. „Gut. Denn das möchte ich auch alles, Bernice Gardener. Du und ich, zusammen gegen den Rest der Welt. Dein Partner, Xaviers Vater. Der Vater all deiner Kinder."

Bernie nahm sein Gesicht in ihre Hände und küsste ihn lang und leidenschaftlich. „Das wirst du sein."

Sie presste ihre Hände in seine Schulter und ermutigte ihn, sich hinzulegen. Er tat wie befohlen und sie entfernte nun komplett ihre Robe und warf sie auf den Boden. Dann öffnete sie seinen Gürtel und kniete sich hin. Er war schon längst hart, aber sie wusste, dass sie ihn noch härter machen konnte.

Mit einem schmutzigen Lächeln nahm sie ihn in die Hand. Tyler stöhnte und rollte sanft mit seinen Hüften, während sie sich so positionierte, dass er ihre Rückseite sah und sie ihn ohne Probleme in den Mund nehmen konnte.

Er schmeckte ein wenig nach Rauch, aber noch mehr nach Mann. Bernie saugte genüsslich an diesem Geschmack und liebte jeden sanften Ton, der aus seinem Mund kam. Sie fühlte, wie er in ihr größer und härter wurde. Hitze floss durch sie hindurch und sie wurde ungeduldig und ihre Lust wuchs ins Unermessliche. Sie wollte ihn in sich spüren.

Tyler setzte sich halb auf, während sie weiter an ihm arbeitete. Er packte sie am Schenkel und zog sie sanft näher zu sich. Mit seiner Hand fand er sein Ziel. Das brachte Bernie zum Keuchen und ihre Beine zitterten. Mit großen Augen lehnte sie sich so weit sie konnte zu ihm, ohne dabei ihr eigenes Ziel aus den Augen zu lassen. Tyler, der den Effekt auf sie bemerkte, lachte und ließ seine Zunge in sie gleiten. Sie erhöhte ihre eigenen Bemühungen, denn sie war nicht bereit, diese freundliche, kleine Schlacht zu verlieren.

Die Zunge ihres Liebhabers stellte teuflische Sachen mit ihr an und für einen Moment vergaß sie, was sie tat. Aber sie konnte sehen, dass sie die gleiche Wirkung auf Tyler hatte. Immer wieder wurden seine Bewegungen unkontrolliert und ein lautes Stöhnen kam von ihm.

Als er auch noch seine Finger in sie gleiten ließ, fing ihr gesamter Körper an zu zittern. Sie konnte einen Aufschrei nicht unterdrücken. Sie drückte ihn und entlockte ihm die gleiche Art von Schrei. Sie wusste, dass sie es nicht viel länger aushielt.

Keuchend zog sie sich von ihm zurück. Ihre Körpermitte war bereits so angespannt, dass sie nicht wusste, wie lange sie weitermachen konnte. Aber sie grinste ihn an. Seine Augen waren dunkel und er lächelte sie mit purem Verlangen zurück an. Langsam setzte sie sich auf ihn und ließ ihn in sie gleiten.

„Bernie", stöhnte er, als sie vollständig auf ihm saß.

Sie rieb sich erst ein wenig an ihm, um sicherzustellen, dass sie beide bereit für mehr waren. Tyler seufzte, seine Hände lagen auf ihrer Hüfte. Dann hob und senkte sie sich vorsichtig. Seine Augen wurden groß und sein Mund formte ein „O". All die Erinnerungen von den Zeiten, als sie ihn geritten hatte, füllten sie mit Feuer und Wärme.

„Ich liebe dich", flüsterte sie, während sie härter und härter auf ihm ritt.

Er war schon zu weit weg, als dass er ihr hätte antworten können. Seine Muskeln spannten sich an. Sein Kopf presste sich in das Kissen und sein Gesicht wurde rot, während er stöhnte. Ihr eigenes Vergnügen wuchs so an, dass sie mit jedem Stoß aufschrie. Plötzlich verfestigte sich Tylers Griff an ihrer Hüfte. Er drückte sie fest runter und hielt sie dort. Eine Hand glitt zwischen ihre Schenkel. Seine Finger fanden ihr Ziel.

Alles brach auf einmal zusammen. Bernies Kopf schoss zurück. Sie drückte ihre Schenkel an seine Hüfte, als alles in ihr explodierte. Sterne drehten sich um ihren Kopf und machten sie blind. Sie konnte nicht sagen, was ihr eigener Körper tat und erschrak durch ihren eigenen Lustschrei, der aus ihrem Mund kam. Sie fiel zur Seite und Tyler war plötzlich auf ihr. Sein Mund lag auf ihrem und er stöhnte immer noch. Das Feuer zwischen ihnen brannte und verband sie noch mehr.

Als sie sich beide beruhigt hatten, legten sie sich aufs Bett, ihre Arme umeinander geschlungen. Bernie lächelte, während sie noch immer nach Luft schnappte. Ihre Finger spielten mit seinem feuchten Haar, während sie sanfte Küsse austauschten.

„Ich glaube, ich bin wieder zurück." Tyler seufzte. „Ich bin mir ziemlich sicher, dass ich ein paar Sterne in deinen Augen gesehen habe."

„Da magst du recht haben." Bernie kuschelte sich an seine Brust. Sie war froh. Auch wenn sie beim letzten Mal nicht wirklich enttäuscht worden war, war sie dankbar, dass sie immer noch diese Intensität spüren konnte. Sie grinste. „Es gibt da noch etwas, das ich dir sagen muss."

Tyler hob eine Augenbraue und wartete darauf, dass sie fortfuhr.

„Ich liebe dich, Tyler."

Er küsste erst ihre Schulter und dann ihre Wange. „Ich liebe dich auch. Gott. Als du es das erste Mal gesagt hast, habe ich gedacht, mein Herz explodiert. Und dann dachte ich mir, was wenn ich es nie wieder aus deinem Mund hören werde? Ich habe in den vierundzwanzig Stunden, in denen ich weggesperrt war, nur an dich gedacht."

Bernie zitterte und versuchte sich in seine Hitze zu kuscheln. „Ich habe nicht geschlafen. Nur die ganze Zeit geweint. Sie haben mich nach Hause zu Xavier gelassen, aber ich durfte Polly nichts sagen. Ich kann nicht glauben, dass du sie für Freunde gehalten hast."

„Leopold ist ein Arschloch. Und die meisten habe ich nicht einmal Freunde genannt." Tyler runzelte die Stirn. „Aber sie sind für mich da gewesen, als es nur mich gab. Ich habe Freunde im Club."

Sie sah ihn an und leckte sich über ihre Lippen. „Wenn wir vielleicht um die Welt reisen, um den Ausgrabungen zu folgen –"

„Es gibt kein vielleicht. Du wirst deine Träume nicht aufgeben, Bernie."

„Aber es würde bedeuten, dass du nicht mehr da bist. Du wirst deinen Club und deine Freunde nicht mehr in der Nähe haben. Ich will nicht, dass du wegen mir alles aufgibst –"

Mit einem weiteren Kuss brachte er sie zum Schweigen und rollte sich auf sie. Er drückte sich wieder hart in ihren Bauch. „Ich gebe wegen dir nicht alles auf, meine Liebste. Ich bekomme so viel. Dich und Xavier."

„Meine Liebste?"

Er küsste sie wieder und ließ eine Hand zwischen ihre Beine gleiten.

***

Bernie wusste, dass Polly auf Antworten wartete, also ging sie, sobald sie sich wieder bewegen konnte, unter die Dusche und zog sich an. Tyler wusch sich ebenfalls, vermied es aber, die Bandagen zu nässen. Er nahm ihre Hand, als sie nach unten gingen. Auf halbem Weg hörten sie Stimmen. Bernies Augen wurden groß, als sie sie erkannte.

Sie fing an zu strahlen und hechtete die Treppe hinunter. Tyler keuchte, als sie ihn mit sich zog und ihn beinahe aus der Balance warf. Im Eingang standen ein paar große Koffer.

Polly stand im Wohnzimmer mit Xavier auf dem Arm und unterhielt sich mit den beiden Neuankömmlingen, eine Frau und ein Mann. Bernie eilte rüber und packte die Frau. Kayla quiekte und lachte dann, als sie sah, wer es war. Die zwei sprangen einige Male auf und ab bevor sie sich tatsächlich mit einer Umarmung begrüßten. Kayla drückte sie fest und machte einen Schritt zurück.

Sie musterte sie genau und schaute dann zu Tyler, der in der Nähe stand.

Kayla grinste. „Wie der Deckel auf den Topf?"

„Eher wie Kessel und Gusseisen", witzelte Bernie. „Denn die sind größer."

Shane runzelte die Stirn. „Das muss ich nicht verstehen."

„Ich auch nicht", fügte Polly hinzu.

Tyler lächelte und gab Shane einen Klaps auf den Rücken. „Was macht ihr eigentlich hier?"

Shane rollte mit den Augen. „Das ist mein Haus, Tyler. Du bist nur ein Schnorrer."

„Eigentlich", sagte Bernie mit zusammengekniffenen Augen, „ist Tyler eine sehr sensible Seele und noch ein toller Vater dazu. Und wenn die Stelle bei den Ausgrabungen noch frei ist, würde ich sie gerne annehmen. Wir haben alles geklärt, denn meine Sorgen sind nicht mehr relevant, jetzt wo Xaviers Papa hier ist."

Xavier klatschte einmal unkontrolliert und machte Blasen mit seiner Nase.

Bernie nahm ihren Sohn und kuschelte sich an ihn. „Mein wunderschöner, kleiner Junge."

Kayla umarmte sie wieder. „Wir würden uns freuen, dich wieder zu haben. Ohne dich war es ziemlich langweilig. Und mein Shane baut ein Labor hier in der Stadt für die Kohlenstoffdatierung und noch mehr, also werden wir viel, viel effizienter sein. Oh! Und es gibt so viel, was ich dir erzählen muss. Esther und ihre

Freundin Dominique reden davon, eine neue Ausgrabung an der Küste von Belize zu leiten. Eine Unterwasserausgrabung. Und Esthers Zwillinge werden so groß und sind so süß!"

Es waren zu viele Informationen für Bernie, aber sie nickte begeistert. Sie und Kayla redeten schnell über die Ausgrabungen und über alles, was sonst noch passiert war. Sie waren so mit sich selbst beschäftigt, dass Bernie beinahe nicht gesehen hätte, wie Shane einen Arm um Tyler legte.

„Also - du hast endlich deine Partnerin gefunden, oder?"

Bernie sah rüber. Ihr Blick traf Tylers und sie beide grinsten. Tyler nickte. „Jep. Ich schätze, das habe ich."

*****

ENDE

Printed in Poland
by Amazon Fulfillment
Poland Sp. z o.o., Wrocław